KB197185

에구치 렌 지음
author • Ren Eguchi
마사 일러스트
illustration • Masa
정대식 옮김
터무니없는 스킬로 이세계 방랑 밥
15 관자 냉파스타 × 현자의 돌

♪
드라 짱
스이
곤 옹
『남이 자는 걸 방해하면
못 쓰네, 주공.』

페르
무코다
“드라 짱이랑 스이
뭐 하는 거야?!
페르, 곤 옹, 일어나!”

페오도라

"……………."

페오도라 씨가
완성된 요리를
응시하고 있다.

터무니없는 스킬로 이세계 방랑 밥

15

관자 냉파스타
×
현자의 돌

에구치 렌 지음
author • Ren Eguchi
마사 일러스트
illustration • Masa
정대식 옮김

인물 소개

무코다 일행

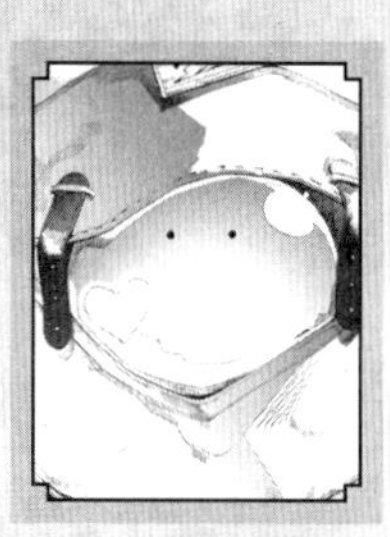

곤 옹
사역마(300년 한정)

과거 페르와 격렬한 싸움을 벌였던 에인션트 드래곤(고룡). 아니나 다를까 무코다의 요리를 노리고 사역마가 된다(300년 한정)

드라짱
사역마

보기 드문 픽시 드래곤. 작지만 성체. 역시 무코다의 요리를 노리고 사역마가 되었다.

스이
사역마

갓 태어난 슬라임. 밥을 준 무코다를 따르며 사역마가 된다. 귀엽다.

페르
사역마

전설의 마수 펜리르. 무코다가 만든 이세계 요리를 노리고 계약을 요구하여 사역마가 되었다. 채소를 싫어한다.

신계

루사루카
신

물의 여신. 공물을 노리고 무코다의 사역마인 스이에게 가호를 내린다. 이세계의 음식을 정말 좋아한다.

키샤르
신

대지의 여신. 공물을 노리고 무코다에게 가호를 내린다.
이세계 미용 제품의 효과에 매료되었다.

아그니
신

불의 여신. 공물을 노리고 무코다에게 가호를 내린다. 이세계의 술, 특히 맥주를 좋아한다.

닌릴
신

바람의 여신. 공물을 노리고 무코다에게 가호를 내린다. 이세계의 단것, 특히 도라야키에는 정신을 못 차린다.

◀다음

지금까지의 줄거리

수상쩍어 보이는 왕국의 '용사 소환'에 휩쓸려 검과 마법의 이세계로 오게 된
현대 일본의 샐러리맨 무코다 츠요시(무코다).
무코다는 어찌어찌 왕성을 나와 여행을 떠나게 되었으나,
고유 스킬 '인터넷 슈퍼'로 가져온 상품과 무코다의 요리를 노리고
'전설의 마수'부터 '여신'에 이르기까지 터무니없는 녀석들이 모여들더니
사역마가 되거나 가호를 내려주는 것이었다.
창조신님의 부탁으로 악행을 일삼느라 여념이 없는 사이비 종교
르바노프교를 혼쭐내준 무코다 일행.
그 후 도착한 도시, 론카이넨에서
우연히 재회한 모험가 파티 '방주'와 함께
소국군의 아무도 손대지 않은 던전에 도전하게 된다.
그렇게 던전 제2계층에 도달했지만……?

무코다

인간

현대 일본에서 소환된 샐러리맨. 고유 스킬 '인터넷 슈퍼'를 지녔다. 특기는 요리. 겁쟁이.

고유 스킬

『 인터넷 슈퍼 』

언제 어디서든 현대 일본의 상품을 구입할 수 있는 무코다의 고유 스킬. 구입한 식재료에는 스테이터스를 높이는 효과가 있다.

목 차

10 × 장

1 × 한 담

1 × 번 외

다음 ▶

제 1 장 바다 냄새?

우연히 재회한 모험가 파티 '아크(방주)'와 함께 온 아무도 손대지 않은 던전.

1계층의 보스, 어새신 재규어를 쓰러뜨리고 포개어진 바위와 바위 사이의 구멍으로 들어갔다.

그리고 몇 미터 앞에 계단이 있기에 그리로 내려갔다.

"어째 계단이 기네."

다른 던전보다 계단이 길다.

벌써 50단 정도는 내려온 것 같은데.

조금 긴장한 채 계속 내려가자 쏴아~ 쏴아~ 하는 소리가 들려왔다.

그리고…….

"…………바다 냄새?"

계단이 끝나자 빛과 함께 눈에 들어온 것은, 모래사장이었다.

모래 위에 선 채 주위를 둘러본 나는 말문이 턱 막혔다.

우리 일행이 서 있는 곳은 야자나무 몇 그루가 심어진 모래섬으로, 그 주변에는 에메랄드 그린빛의 여름 바다가 펼쳐져 있었기 때문이다.

"이게, 말이 돼? 여긴 던전이잖아?"

황당한 나머지 그런 말이 무의식중에 새어 나왔다.

『후하하하하하하하. 바다라니, 재미있군!』

『그러게 말이다. 나도 바다는 오랜만이구나. 가슴이 뛰어.』

『바다라! 맛있는 물고기를 먹을 수 있겠어!』

『바다 물고기~!』

이 광경을 보고도 먹보 콰르텟은 의욕이 넘치는 것 같다.

이 영문을 알 수 없는 광경 앞에서도 저런 태도라니.

너희 정말 믿음직하다.

한편, 이쪽 면면들로 말하자면…….

가우디노 씨, 기디온 씨, 시그발드 씨, 페오도라 씨, '아크' 멤버 네 명은 멍한 얼굴을 한 채 완전히 굳어 있었더랬다.

◇ ◇ ◇ ◇ ◇

"아무도 손대지 않은 던전이라기에, 모험가로서 그냥 지나칠 수 없다 싶어서 호기심에 못 이겨 따라온 게 잘못이었을지도 몰라. 리더로서 실격이야……."

"그런 식으로 치면 다 똑같이 잘못했지. 하지만 이렇게 될 줄이야……."

"그러게 말이네. 나도 욕심에 눈이 멀었지. 가우디노만 탓할 일이 아니야."

"던전에 바다……. 이런 얘긴, 들어본 적도 없어."

'아크' 멤버들은 생기가 싹 가신 얼굴로 모래사장에 빙 둘러앉아 이야기했다.

『어이, 저 녀석들은 왜 저렇게 안색이 어두운 거냐?』

"그야 이런 광경을 봤기 때문이겠지."

이런 걸 보면 저렇게 되는 심정도 이해는 된다.

수평선까지 펼쳐진 바다.

무슨 수로 이 앞으로 가지?

여기 정말 던전 맞아?

끝이 있기는 해?

있다 쳐도 정말 거기까지 갈 수는 있고?

이런 식으로 느닷없이 이 광경을 보게 되면 온갖 생각이 다 들 수밖에 없다고.

나는 페르네가 있어서 그나마 냉정할 수 있지만 평범한 사람들은 말이야.

아닌 게 아니라 드라 짱이랑 스이는 물가에서 꺅꺅거리면서 놀고 있고, 곤 옹은 호호할아버지처럼 『인석들, 너무 멀리 가면 안 된다』라고 하면서 지켜보고 있는 훈훈한 풍경을 연출하고 있어서 '아크' 멤버들과의 엄청난 대비를 이루었다.

아니 뭐, 나도 아주 걱정이 안 되는 건 아니지만.

"여기서부터 어떻게 가지?"

『이동은 곤 옹이나 스이에게 맡기면 되지 않으냐.』

"그야 그렇지만 곤 옹도 스이도 전혀 안 쉴 수는 없잖아?"

『무슨 소릴 하는 거냐. 쉴 장소라면 얼마든지 있는데.』

"얼마든지 있다니, 그런 장소가 어디에 있는데?"

『섬이 점점이 있으니, 그걸 따라 가면 그만이야.』

"……섬?"

『그래. 이 방향에도 있지 않으냐.』

페르가 코로 가리킨 방향을, 레벨이 올라 좋아진 눈으로 빤~히 쳐다보았다.

빠안~…………….

"으음? 저건가?"

검은 깨알 같은 점이 보였다.

『그래. 그것 말고도 섬은 있으니 걱정할 것 없다.』

"호오~ 그래? 조금 마음이 놓이는걸. 근데 페르는 지형까지 용케 알아챘네."

『뭐, 나쯤 되면 그 정도야.』

페르는 그렇게 말하며 의기양양한 표정을 지어 보였다.

"아~ 그래그래. 역시 페르는 대단하다니까."

그렇게 말하며 나는 쓴웃음을 지었다.

『그보다 말이다, 벌써 식재료가 손에 들어온 것 같군.』

"식재료?"

페르가 바라보고 있는 방향을 보니…….

『에~잇!』

퓻, 퓻――.

『간다앗!』

푸슉, 푸슉, 푸슉――.

아가리를 벌린 채 차례로 밀려드는 커다란 조개들을 스이와 드라 짱이 산탄(酸彈)과 얼음 마법으로 처치하고 있었다.

"뭐, 뭐야, 저거…………."

물가에 있던 드라 짱과 스이에게 쇄도한 것은 대왕조개처럼 생긴 조개였다.

『그야 마물이지.』

아니, 그거야 그렇겠지만 1미터에 가까운 거대한 조개가 차례로 밀려드니 기분 나쁘네.

뺨을 씰룩거리고 있자 전투는 금방 끝나서 스이가 통통 뛰며『주인~』하고 나를 불렀다.

"괜찮니, 스이?"

『괜찮아~! 조개가 잔뜩 와서 드라 짱이랑 같이 잡았어~.』

"그, 그러니."

『그래그래. 암튼 이거 말인데. 살을 빼내면 먹을 수 있지 않을까 싶어서 스이랑 같이 마구 잡아봤거든?』

그런 소릴 하며 드라 짱이 허공에 머무르고 있는 물가에는 드롭 아이템인 대량의 조갯살이 모여 있었다.

감정해 보니…….

【거대조개의 살】

식용 가능. 의외로 맛있다.

서, 성의 없어~.

그나저나 내 감정 스킬은 식재료 쪽에 너무 특화된 것 같은데.

먹을 수 있는지 없는지, 맛이 있는지 없는지가 꼭 써 있잖아.

어째서인지 붙어버린 '고독한 요리사'라는 칭호의 영향인 것 같은데~.

뭐, 편리하니까 상관없지만.

“의외로 맛있다고 하니까 나중에 다 같이 구워 먹어볼까?”

『와~아.』

『오랜만에 바다의 산물을 먹겠네, 기대되는걸!』

드라 짱과 스이가 잡은 대왕조개의 살을 아이템 박스에 넣고 있자 곤 옹이 입을 열었다.

『제2진이 온 것 같네.』

“제2진?”

무슨 소린가 싶어서 곤 옹의 시선을 좇아보니…….

“우왁.”

가리비랑 비슷하게 생긴 대량의 조개들이 해수면 밖으로 펄떡펄떡 뛰어오르며 이쪽으로 오고 있었다.

『어이, 저건 먹을 수 있는 거냐?』

『내 감정 스킬에는 식용 가능이라고 나오는구나.』

『스이, 저거 먹을 수 있대! 잡자!』

『네~에!』

드라 짱과 스이는 신이 나서 다시 조개 잡기에 열을 올렸다.

…………………….

…………….

…….

내 눈앞에는 내 얼굴만 한 크기의 관자가 산더미처럼 쌓여 있었다.

『이야~ 풍어네, 풍어.』

『잔뜩 잡았어~.』

바다 도시 베를레앙에서 먹었던 가리비와 비슷한 옐로 스캘럽, 그것도 크다 싶었지만 이거랑은 비교도 안 되네.

조금 전에 봤던 가리비 비슷한 조개는 50센티는 더 됐던 것 같으니까.

그 관자니까 클 만도 하지.

곤 옹의 감정 스킬에 식용 가능이라고 떴다고 했지만, 일단 나도 감정해 보았다.

【자이언트 스캘럽의 관자】

식용 가능. 구워도 쪄도 맛있다.

구워도 쪄도 맛있다라.

관자니까.

여러 요리에 쓸 수 있겠네.

처음에는 간단한 버터구이로 해서 내놓는 것도 괜찮겠다, 같은 생각을 하던 중…….

『좋아. 바로 먹자!』

『먹을래~!』

『음. 식재료도 생겼으니 밥을 먹지.』

『그거 괜찮군그래. 바다에서 난 것은 오랜만이야. 주공, 아주 맛있는 요리로 부탁하네.』

뭐어, 그렇겠지~.
식재료가 생겼으니 먹고 싶겠지.
이 먹보들은.
점심식사를 하기에는 조금 이르지만 뭐, 상관없으려나.
풀이 죽은 '아크' 멤버들도 맛있는 걸 먹고 얼른 부활해줬으면 하니까.
그런고로 오랜만에 해볼까.
그것을.
그런 생각을 하며 나는 아이템 박스에서 특제 BBQ 그릴을 꺼내 준비를 시작했다.

오랜만에 해물 BBQ다.
재료는 드라 짱이랑 스이가 잡아준 대왕조개랑 자이언트 스캘럽의 관자.
그대로 먹기에는 크니 적당한 크기로 잘라둔다.
소금 후추를 쳐서 굽기만 해도 맛있지만 메뉴가 하나쯤 더 있었으면 좋겠다고 생각하던 중에 문득 떠오른 것이 있었다.
"분명 인터넷 슈퍼에서 냄비를 살 때 봤던 것 같은데……."
'아크' 멤버들이 이쪽을 보고 있지 않은 것을 확인하고 인터넷 슈퍼를 띄웠다.
그리고 부엌 용품 메뉴를 보니…….

"오, 찾았다. 이거야, 이거, 스킬렛(무쇠 프라이팬)!"

크고 작은 스킬렛 중 큰 쪽을 일단 네 개 구입했다.

이걸로는 언젠가 BBQ를 할 때 만들어 보려고 했던 아히요(ajillo)를 만들 거다.

조개도 아히요를 하면 맛있으니 이건 무조건 만들어야지.

곁들임용으로 산 만가닥버섯은 밑동을 잘라 떼어내고, 양송이버섯은 반으로 잘라둔다.

아히요에 빼놓을 수 없는 마늘은 다지고 고추는 통썰기를 한다.

스킬렛에 올리브 오일을 두르고 당근과 고추, 소금을 넣어 BBQ 그릴의 망 위에 내려놓는다.

향이 솔솔 풍기기 시작하면 만가닥버섯과 양송이버섯, 조개를 넣는다.

대왕조개와 자이언트 스캘럽의 관자용 스킬렛을 두 개씩 만든다.

재료가 익으면 마지막으로 그라인더가 달린 용기에 든 흑후추를 후둑후둑.

"좋았어, 다 됐어!"

『좋아, 내놔라.』

『주공, 어서.』

『좋았어, 먹자~.』

『주인~ 얼른~ 줘~.』

준비하고 있던 먹보 콰르텟이 재촉을 해왔다.

"아~ 알았으니까 좀 기다려."

소금 후추를 뿌려 구운 대왕조개와 자이언트 스캘럽의 관자 아히요를 각 그릇에 담아 나간다.

크, 그렇게 먹고 싶었던 아히요가 먹보 콰르텟에게 퍼주고 나니 다 떨어졌네.

조개를 산더미처럼 담은 그릇을 녀석들 앞에 내놓은 후, BBQ 그릴에 추가로 소금 후추를 뿌린 대왕 조개와 자이언트 스캘럽의 관자를 얹어 구워 나갔다.

물론 스킬렛 네 개를 써서 아히요를 만드는 것도 잊지 않았다.

『이거, 술이 마시고 싶어지는 맛이로구먼.』

그렇게 말하며 곤 옹이 나를 흘끔흘끔 쳐다보았다.

그렇게 쳐다봐도 안 줄 거거든?

아무리 그래도 여긴 던전이니 술은 안 되지.

술 같은 걸 마시고서 방심하고 있으면 위험할 것 아냐.

『꽤 맛있네, 이 조개.』

『맛있어~. 잔뜩 잡길 잘했어~.』

드라 짱과 스이는 자신들이 잡은 조개가 맛있다는 데에 만족한 눈치다.

『나쁘지 않군. 분명 나쁘지 않지만, 이것만으로는 부족하다. 이럴 땐 역시 고기다, 고기를 구워라!』

페르가 그렇게 말하자 곤 옹, 드라 짱, 스이도 눈을 번쩍 빛내며『고기!』라고 소리쳤다.

아~ 우리 애들은 역시 고기지상주의구나.

나는 쓴웃음을 지은 채 고기를 사랑하는 녀석들을 위해 BBQ 그릴에 기간트 미노타우로스 고기를 잔뜩 올려놓았다.

참고로 기간트 미노타우로스 고기도 심플하게 소금 후추만 뿌려 굽고 있다.

고기를 구우며 대왕 조개 아히요를 덥석.

"감정에는 '의외로 맛있다'고 떴지만, 엄청 맛있잖아."

잘 익은 살은 통통해서 씹으면 조개 특유의 감칠맛이 좌악 퍼져 나온다.

그 감칠맛과 마늘향, 고추를 넣어서 나는 살짝 매콤한 맛이 무진장 잘 어울린다.

확실히 이건 곤 옹의 말대로 술이 땡기는 맛이네.

이어서 자이언트 스캘럽의 관자 아히요도 덥석.

"크~ 이것도 맛있어!"

관자의 감칠맛과 매콤한 마늘향이 끝내줘.

자꾸만 손이 아히요로 가려고 했지만 일단 참고 뒤를 돌아보았다.

그곳에는 아직도 빙 둘러앉아 풀이 죽은 얼굴을 하고 있는 '아크'의 면면들이 있었다.

하아~ 심정은 어느 정도 이해하지만 여기까지 왔으니 어쩔 수 없잖아요.

다 구워진 고기를 먹보 콰르텟의 그릇에 잽싸게 퍼놓고, 집게를 옆에 두고서 '아크' 여러분에게 다가갔다.

"여러분도 같이 드시죠."

"무코다 씨……."

가우디노 씨가 힘없이 내 이름을 불렀다.

"다들 너무 낙담하지 마세요. 우리 애들한테 맡겨두면 어떻게든 될 테니까요."

그렇게 말하자 기디온이 더욱 고개를 푹 숙이며 한숨을 내쉬었다.

"하지만 말이야, 우린 무코다 씨네한테 민폐만 끼치고 있는 것 같단 말이지. 1계층에서도 우리만 있었으면 절대로 못 빠져나왔을 거라고……."

그 말에 동의하듯이 시그발드 씨가 우락부락한 어깨를 축 늘어뜨린 채 잔뜩 기가 죽은 투로 "그것도 모자라 이 계층에서도 그럴 거라 생각하니……"라고 말했다.

냄새에 낚여 1등으로 BBQ 그릴로 달려들 듯했던 페오도라 씨까지 말없이 바닥을 쳐다 보고 있었다.

초상집 같은 분위기를 보고 있자니 이 사람들은 정말 성실해 빠졌다는 생각이 들었다.

"저기 말이죠~ 우리는 같이 이 던전에 들어오는 데에 합의하고 온 거라고요. 다시 말해서 임시라지만 같은 파티인 거잖아요. 그럼 동료 아니에요? 동료면 당연히 서로 도와야죠."

내가 그렇게 말하자 '아크' 멤버들의 얼굴빛이 확 밝아졌다.

"동료라……. 그래, 그렇지. 우리는 공동으로 이 던전에 도전하고 있는 거니까."

가우디노 씨가 그렇게 중얼거리자 기디온 씨와 시그발드 씨, 페오도라 씨도 고개를 끄덕였다.

다시 고개를 든 '아크' 멤버들은 어쩐지 개운한 표정을 짓고 있었다.

"좋아! 무코다 씨가 만든 맛있는 밥이나 얻어먹자고!"
"그래야겠구먼. 무코다 씨의 밥은 전부 맛있으니 놓쳐서는 안 되지."
"잔뜩 먹을래."
밝은 얼굴로 돌아온 '아크' 멤버들을 보고 나는 안심했다.
그러던 그때…….
'아크' 멤버들의 등 뒤에 자리한 모래땅에서 거대한 무언가가 튀어나왔다.
"푸하, 뭐, 뭐, 뭐야아?!"
얼굴로 튄 모래를 털어내고 앞을 보니…….
커다란 집게발을 딱딱 울리며 당장에라도 우리에게 덤벼들려 하는 마물이 있었다.
"우와악!"
당황한 나와 대조적으로 '아크' 멤버들은 차분하기만 했다.
"자이언트 코코넛 크랩이군."
"리더, 알아?"
"책에서 봤어. 직접 보는 건 처음이고."
"호오~. 학구열이 대단하구먼."
"그 덕분에 쓰러뜨리는 법도 아니, 아주 쓸모가 없진 않잖아. A 랭크지만 저 녀석의 무기는 저 집게발뿐이야! 저것만 봉하면 우리도 쓰러뜨릴 수 있어! 페오도라!"
"응."
페오도라 씨가 무언가를 중얼중얼 읊조리자…….

굵직한 덩굴이 모래땅 안에서 튀어나왔다.

그리고 그 굵은 덩굴이 자이언트 코코넛 크랩의 집게발을 꽉 붙들었다.

“나랑 기디온은 관절을 중점적으로 공격한다! 시그발드는 머리를 있는 힘껏 후려쳐!”

“알겠어!”

“오냐!”

알겠다는 말과 함께 공격이 개시됐다.

자이언트 코코넛 크랩이라. 아하, 야자집게 마물이구나.

확실히 언젠가 TV에서 봤던 야자집게랑 비슷하다.

게(크랩)이라고는 해도 사실 집게(소라게)의 친척이었지.

3미터는 되는 거대 야자집게의 몸통에 자리한 관절 부분을 가우디노 씨의 바스타드 소드가 타격하듯이 베었다.

마찬가지로 관절 부분에 기디온 씨의 미스릴 창이 꽂혔다.

자신의 무기를 봉인당한 거대 야자집게…… 자이언트 코코넛 크랩은 몇 분도 안 되어 쓰러졌다.

그 자리에는 살이 실하게 차 있을 것 같은 집게발과 작은 마석만 남았다.

“좋았어어어어!”

기디온 씨가 환호성을 지르자 ‘아크’ 멤버들은 어깨를 두드리며 서로를 격려했다.

그리고…….

“무코다 씨, 이걸.”

그렇게 말하며 가우디노 씨가 자이언트 코코넛 크랩의 집게발을 나에게 건넸다.

"자이언트 코코넛 크랩의 살은 맛있다더군."

"늘 맛있는 걸 얻어먹고 있으니까 우리도 가끔은 식재료를 제공해야지."

머리 뒤에 깍지를 낀 채로 기디온 씨가 말했다.

"하하, 그럼 곧장 BBQ 재료로 쓸까요!"

그 기세를 몰아 우리는 갓 잡은 자이언트 코코넛 크랩의 살을 맛있게 먹었다.

'아크' 멤버들이 싸울 때, 느긋하게 고기를 먹고 있던 먹보 콰르텟도 뻔뻔하게 자이언트 코코넛 크랩의 살을 얻어먹었다.

참고로 왜 손을 대지 않은 것인가 하면…….

페르의 말로는『저 녀석들끼리도 충분히 대처할 수 있을 것 같았으니까』란다.

사실 고기 먹느라 정신이 팔려서 못 알아챘던 건 아니고?

확실해?

우리 일행은 거대 스이를 타고 망망대해를 나아갔다.

"그나저나 던전에 이런 계층이 있을 줄이야……."

나는 시야 가득 펼쳐진 코발트 블루빛 바다를 쳐다보며 혼잣말을 했다.

그 말을 들은 페르가 흥, 하고 콧방귀를 뀌었다.

『나도 이러한 던전은 처음이다. 게다가 싸우는 맛이 있을 것 같은 기척도 드문드문 느껴지고. 이 던전에 오기로 한 건 정답이었군.』

어딜 봐서 정답이야.

그리고 무서우니까 웃는 얼굴로 아무렇지도 않게 그런 소리 좀 하지 말아줄래.

페르가 싸우는 맛이 있을 것 같다고 하는 건, 대부분 터무니없는 마물이잖아.

『나도 이러한 던전이 있을 줄은 몰랐네.』

옆에 있던 곤 옹도 대화에 끼어들었다.

『이 세상에서 가장 오래 산 영감이 모르는 게 있다니, 아직 세상엔 재미있는 일이 많이 남았나 보군. 특히 던전에는 말이야! 이래서 던전에 오는 걸 관둘 수가 없다니까.』

페르가 눈을 번쩍번쩍 빛내며 그렇게 지껄였다.

『맞아~. 나도 혼자 있을 때는 던전 같은 데 별로 관심이 없었지만, 들어와 보니 재밌더라고!』

드라 짱도 던전 참 좋아하지, 하하.

『이 녀석의 사역마가 되고서 인간의 도시에 있는 던전에도 쉽게 갈 수 있는 것도 좋단 말이지. 앞으로도 인간의 도시에 있는 던전은 물론이고 이곳처럼 아무도 손대지 않은 던전에도 적극적으로 들어가야겠어.』

페르의 그 말에 곤 옹과 드라 짱이 동의하듯 고개를 끄덕였다.

『스이도 던전 잔뜩 갈래~.』

모두를 태우고 있는 스이에게서도 그런 염화가 들려왔다.

앞으로도 던전 순회를 하겠다는 사역마들의 선언을 듣고 있자니 나는 맥이 탁 풀렸다.

우리가 그런 대화를 하던 중…….

"페오도라, 저기 있는 걸 맞힐 수 있겠어?"

"문제없어."

가우디노 씨가 가리킨 곳에는 꽤 커다란 물고기의 그림자가 보였다.

페오도라 씨가 그 그림자를 조준하고 시위를 당겼다.

휘웅——.

화살은 보기 좋게 명중했다.

그림자가 사라지더니 드롭 아이템으로 바뀐 듯했다.

그리고 그 드롭 아이템과 화살을 회수한 건…….

『자, 여기 있어~.』

드롭 아이템과 화살을 든 스이의 촉수가 바닷속에서 불쑥 나왔다.

"고맙다, 스이."

이런저런 것들을 떨쳐낸 '아크' 멤버들은 바다 위에서도 사냥에 힘썼다.

하지만 바닷속에 있는 걸 처리해 봐야 드롭 아이템은 회수하기가 쉽지 않아서, 내가 스이와의 사이를 중재해 스이에게 회수를 부탁했다.

뭐, 바다라 물고기가 많다보니 드롭 아이템도 생선살인 경우가 대부분이라 거의 우리가 먹을 식사의 식재료로 제공되었지만.

조금 전에 회수한 것도 연어 살과 비슷하게 생긴 드롭 아이템이었고.

그래도 소형 바다거북이 마물에게서는 등껍질이 드롭 아이템으로 나오기도 해서, '아크' 멤버들은 그것만으로도 상당히 이익을 낼 수 있다며 헤벌쭉한 얼굴을 하고 있었다.

"흠, 저건 무엇이지……?"

사냥감을 찾아 해수면을 살피던 시그발드 씨가 의아한 얼굴로 그런 소리를 했다.

나를 비롯한 모두의 시선이 시그발드 씨의 시선 끝에 있는 곳으로 향했다.

"응? 개?"

있을 리가 없는 개가 망망대해를 헤엄치고 있었다.

『멍청한 것. 개가 이러한 곳에 있을 리가 있나.』

페르가 가차 없이 딴죽을 걸었다.

"그, 그건 나도 알아. 그래서 놀란 거 아냐."

저것도 마물이겠지만.

처음 보는 개의 얼굴을 한 이상한 마물의 모습에 우리는 넋이 나가 있었다.

『저것은, 케토스로군.』

"……곤 옹, 뭔지 알아?"

역시 나이는 허투루 먹은 게 아니라니까.

곤 옹이 아는 모양이다.

『바다짐승형 마물이네. 그보다 다들 경계하거라. 녀석은 무리 지어 행동하니 말이야.』

곤 옹이 그렇게 말한 직후.

개 얼굴이 차례로 해수면에 나타났다.

그리고 우리는 어느샌가 여러 마리의 케토스에게 둘러싸여 있었다.

『주인~ 이거 쓰러뜨려~?』

"그, 그래! 쓰러뜨려 버려, 스이!"

『네~에. 에잇.』

"크캬."

스이의 촉수가 케토스를 꿰뚫었다.

"우, 우리도 싸우자."

많은 수의 케토스를 보고 아이템 박스에서 미스릴 창을 꺼내며 각오를 다졌다.

『말 안 해도 그럴 거다. 스이 혼자서도 문제없겠지만, 이렇게 많으면 전진하는 데 걸리적거리니까.』

그렇게 말하며 페르가 앞발을 휘둘렀다.

그러자 휭, 하고 해수면 곳곳이 갈라짐과 동시에 붉게 물들었다.

『음. 방해되는구나. 게다가 이 녀석들은 코가 좋은지 꽤 끈질기다. 여기서 확실하게 처리해두는 게 좋을 게야.』

곤 옹이 그렇게 말하자, 눈앞에 보이는 해수면에 소용돌이가 일어나 케토스가 빨려 들어갔다.

그 소용돌이는 갈수록 붉게 물들었다.

『이것 봐, 너희끼리 다 해먹지 말라고.』

드라 짱이 그렇게 말하더니 장기인 얼음 마법을 사용해, 여러 개의 얼음 기둥으로 케토스들을 꿰었다.

『어이, 너희도 멍하니 있지 마라. 저기로 올라오려 하고 있다.』

페르의 지적을 받은 '아크' 멤버들이 퍼뜩 정신을 차렸다.

고개를 돌린 곳에는 스이의 둥그런 몸을 용케도 타고 올라온 케토스가 있었다.

"기분 나빠……."

케토스라는 녀석은 개의 얼굴에 몸통은 오징어 같다고 해야 할지 고래 같다고 해야 할지, 그런 식으로 생긴 마물이었다.

"기분 나쁘다고! 올라오지 마, 등신아."

케토스의 그 이상한 생김새를 보더니 기디온 씨가 욕지거리를 하며 창을 찔렀다.

"키에에엑."

정말이지 듣기 싫은 너저분한 울음소리를 남긴 채 케토스는 바다에 떨어졌다.

"올라오게 두지 마! 흩어져서 떨어뜨린다!"

가우디노 씨가 그렇게 말하자 기디온 씨, 시그발드 씨, 페오도라 씨가 흩어졌다.

나도 거기에 편승했다.

광범위 공격은 페르, 곤 옹, 드라 짱, 스이에게 맡기고 '아크' 멤버들과 나는 스이의 몸으로 올라오려 하는 케토스를 떨어뜨리는 데 전념했다.

………………….

…………….

…….

우리 주변을 가득 메울 듯 많았던 케토스의 모습이 사라졌다.

"아~ 피곤하다."

나는 스이 위에 큰 대자로 드러누웠다.

'아크' 멤버들도 많이 지쳤는지 앉아서 쉬고 있다.

『그 정도로 우는 소릴 하다니 여전히 나약하군, 너는.』

페르가 나를 내려다보며 그런 소릴 했다.

"네에네, 저는 연약합니다요~. 너희랑 같은 줄 알아?"

그나저나 저런 게 있었다니.

바다 무섭다.

『주인~ 이거~.』

텀벙. 바닷속에서 스이의 촉수가 뻗어 나왔다.

촉수 끝에는 무언가의 가죽이 있었다.

"응? 드롭 아이템이야?"

『잔뜩 떨어뜨렸는데, 전부는 못 주웠어~. 미안해요오.』

"괜찮아괜찮아. 오히려 기대도 안 했는데 주워줘서 기뻐. 고맙다, 스이."

세어보니 케토스의 가죽이 열여섯 장이었다.

전부 '아크' 사람들에게 넘기려 했지만 그 정도로 도움이 되지는 않았다며 사양했다.

하지만 애초에 우리 애들은 먹을 것 이외의 것에는 관심이 극단적으로 없단 말이지.

나 역시 '아크' 멤버들만큼 활약했는가 하면, 솔직히 말해서 그렇다고는 말 못 하겠고.

얼마간 의논한 끝에 우리와 '아크'가 반반씩 나누기로 했다.

함께 싸웠다는 이유로 반쯤 떠맡기다시피 했지만 어찌어찌 납득시켰다.

애초에 페르 일행은『가죽은 필요 없다』라면서 모른 척하고 있으니까.

어쨌든 지금은 얼른 뭍에 내려서고 싶은데.

"저기 페르. 다음 섬은 아직 멀었어?"

『아직이다. …………음?』

페르가 고개를 들어 먼 곳을 쳐다보았다.

『스이, 저쪽으로 가라.』

『저쪽~? 똑바로 말고~?』

『잠깐 샛길로 새자. 어쨌든 내가 지시한 방향으로 가.』

『알았어~.』

『페르가 샛길이라고 한 건, 저것 때문인가~?』

『호오호오, 상당한 기운이로구먼.』

………….

"야야야야, 어딜 가려는 거야, 페르~."

『좀 전에 말했듯이 잠깐 샛길로 새려는 것뿐이다. 걱정 마라.』

걱정 말라니, 페르가 저런 소릴 하면 걱정밖에 안 되는데…….

◇ ◇ ◇ ◇ ◇

"역시 우리가 이 던전에 온 건 실수였어어어어."

"우오오오오, 나 죽어~~~~~!!!"

"우오오오오오오."

"꺄아아아아아아악."

백전연마의 모험가인 '아크' 멤버들의 얼굴이 붉으락푸르락해졌다.

"왜 이렇게 되는 건데~! 페르든 곤 옹이든 누구든 좋으니 빨리 어떻게든 해 봐아아아!!!"

쿵쿵, 거대한 소용돌이가 굉음을 내며 회전하고 있다.

우리 일행은 현재 진행형으로 그 거대 소용돌이에 휘말려 드는 중이었다.

나와 '아크' 멤버들은 필사적으로 거대 스이에 매달린 채 떨어지지 않으려고 발악을 했다.

일이 이렇게 된 원인을 제공한 건, 당연히 페르다.

페르가 '잠깐 샛길로 새자'라고 하기에 왔더니 이 모양 이 꼴이

됐다.

아닌 게 아니라…….

너 분명 『잠깐 샛길로 새려는 것뿐이다. 걱정하지 마라』라고 했잖아아아아.

나는 스이에게 필사적으로 매달린 채 속으로 소리쳤다.

『저기~ 괜찮은 거야?』

『페르도 있으니 괜찮겠지.』

곤 옹과 드라 짱은 한가롭게 그런 소리나 하고 있었다.

소용돌이에 휘말려 빙글빙글 도는 우리를 상공에서 바라보면서.

아니, 날 수 있다는 이유로 곧장 이탈하던데 나중에 두고 보자아~!

『주인~ 페르 아저씨~ 빙글빙글 돌고 있어~. 재미있어~!』

역시나 한가하다고 해야 할지, 즐거워 보이는 스이의 목소리가 머리에 울렸다.

마치 놀이기구를 타고 있는 것처럼 스이는 꺄륵꺄륵 웃으며 즐거워했다.

이 상황이 뭐가 즐거운 건데에에에?

진짜 거물 다 됐구나, 스이야아아아아아아.

"스, 스이, 하나도 안 즐거워! 지금, 우린 마물한테 먹히려 하고 있다고! 진짜진짜진짜 위험한 상황이라고~!"

위기감이 전혀 없는 스이에게 그렇게 소리쳤지만 어떤 상황에 처해 있는지 아는지 모르는지.

『괜찮아, 주인~. 스이가 해치울게!』

그렇게 큰소리를 치며 스이는 의욕을 내보였다.
근데 말이야…….
별것 아니라는 것처럼 '해치울게!'라고 했지만, 아무리 그래도 저건 스이한테 무리 아냐?
여기서도 저 추악한 모습이 보일 정도인데.
저건 공포의 대상이라고 할 수밖에 없다.
눈에 보이는 소용돌이의 중심에서는 말미잘의 입에 뾰족한 이빨이 빽빽하게 돋아난 듯한 마물이 입을 쩍 벌린 채 우리를 기다리고 있었다.
입이 저렇게 크면, 바닷속에 있을 본체는 얼마나 거대한 거야…….
우리를 먹으려고 도사리고 있는 저 커다란 입의 뾰족한 이빨이 딱딱 소리를 내며 맞물리는 광경이 보였다.
"끄아악~! 이제 틀렸어! 나 죽어어어어."
이게 주마등이란 걸까.
태어난 뒤로 내 기억에 있는 인생의 순간들이 영상처럼 되살아나기 시작했다.
초등학교, 중학교, 고등학교, 대학 시절…….
그리고 취업하여 샐러리맨 시절.
갑작스러운 이세계 전이.
페르와 스이, 드라 짱, 곤 옹과의 만남.
살아가는 세계는 변했지만 그럭저럭 유쾌하게 생활했던 일…….
하지만 그것도 다 끝이다.

저 입에 빨려들어 우적우적 씹혀 죽는 미래밖에 안 보인다.
『소란 떨지 마라. 걱정 말라고 했을 텐데.』
이 위기 상황에도 불구하고 느긋하게 서서 침묵을 지키던 페르가 그제야 말을 내뱉었다.
"걱정 말라니, 이 상황에 어떻게 걱정을 안 해애애애! 진짜로 죽는다고~! 끝장이야아아아!"
그런 대화를 하는 동안에도 우리는 소용돌이의 중심을 향해 빙글빙글 돌며 시시각각 저 거대한 입으로 빨려들려 하고 있건만.
"많은 일들이 있었지만, 페르, 스이, 드라 짱, 곤 옹, 너흴 만나서 행복했어~!!!"
정말 이제 틀렸다고 생각한 나는 유언처럼 모두를 향한 메시지를 쏟아냈다.
『하아~ 나 원, 무슨 소릴 하는 거냐! 창피한 녀석 같으니. 아직 안 죽는다.』
페르가 그렇게 말한 직후…….
쿠구~웅, 빠직빠직빠직빠지이이익.
특대 사이즈의 번개가 소용돌이 중심에 있던 거대한 입으로 빨려들 듯 떨어졌다.
몇 분 후――.
거대한 소용돌이는 흔적도 없이 사라져, 우리 앞에는 잔잔한 바다가 펼쳐져 있었다.
나와 '아크' 멤버들은 갑작스럽고도 격렬한 변화에 넋이 나가버렸다.

『아~ 아, 끝나버렸어~. 빙글빙글, 재미있었는데에~.』
『그런 소리 말라고, 스이. 그걸 일으킨 건 마물이었으니까.』
『그나저나 그걸 일격에 처치하다니 대단하구나, 페르여.』
『흥, 당연한 거다.』
『그보다 말이야, 곤 옹은 저 마물이 뭔지 알아?』
『음.』
『페르는 알아?』
『모른다. 하지만 저 정도 녀석을 쓰러뜨리는 데에는 아무 문제도 없지.』
『하하. 페르답기는 하네. 그래서 곤 옹, 저건 뭐였어?』
『무슨 마물~?』
『드라도 그렇겠지만 페르도 스이도 바다에 가본 적은 있어도 외해(外海)로 나가본 적은 없을 테니 모르는 것도 무리는 아니지. 저 마물은 말이다……. 흐음, 이름이 뭐였더라?』
『이것 봐~ 곤 옹…….』
『너무 오랜 시간을 살아서 망령이라도 난 건가, 영감.』
『무례하구나. 애초에 오랜 시간을 살고 있는 건 페르, 너도 마찬가지가 아니냐. 이번엔 이름이 기억이 안 난 것뿐이야. 으~음, 뭐였더라……. 카, 카, 카리…………. 카리브디스. 그래, 카리브디스라는 마물이다. 거구에 움직임도 둔해서 애초에 잘 움직이지 않는 마물이다만, 자신에게 다가오는 것은 모조리 먹어치우지. 습격당하면 시 서펜트라도 꼼짝없이 당할 게다.』
『호오, 시 서펜트라도 말인가. 카리브디스. 기억해두지.』

넋이 나간 나와 '아크' 멤버들 옆에서 페르 일행이 그런 대화를 나눴다.

'아크' 멤버들한테는 안 들리겠지만 당연히 나한테는 들렸다.

이쪽은 죽는 줄 알았는데 별일 아니었다는 듯이 이야기하지 말라고~.

아니, 그보다 무슨 마물인지도 모르면 가까이 가지 말라고, 페르으으으!

고개를 푹 숙이고 있던 나는 맥이 탁 풀려서 거대 스이 위에서 무너지듯이 쓰러지고 말았다.

『찾았다~! 페르 아저씨, 이것 봐봐~! 아까 페르 아저씨가 쓰러뜨린 녀석이 떨어뜨렸어~.』

카리브디스의 드롭 아이템을 붙잡은 스이의 촉수가 해수면에서 튀어나왔다.

『흠. 먹을 수 있을 듯한 건 없다. 필요 없다. 이 녀석이나 줘라.』

『주인~ 페르 아저씨가 필요 없대~.』

"응~?"

내 눈앞에 드롭 아이템 3개가 놓였다.

이빨과 보물 상자와 마석.

그걸 본 나는 저절로 뺨이 씰룩거렸다.

드랭과 에이블링에서 나온 던전 보스의 보물 상자에 필적하는 크기의 보물 상자와 초특대 마석이었기 때문이다.

감정 안 해도 알 것 같다.

이건, 무조건 S랭크 마물한테서 나온 거야.

그보다 말이야…….

"아까 그 마물, 이 계층의 보스 아냐?"

『아니다.』

『아니네.』

페르와 곤 옹이 동시에 답했다.

"어? 아니라니……."

『마지막에 기다리고 있는 건, 조금 더 강하네.』

『음. 이 기운은 그거로군. 나도 오랜만에 상대해보겠어. 좀 전의 녀석보다는 상대할 맛이 나는 상대다. 기대하고 있어라.』

…………….

하나도 기대가 안 되거드으으으은?!

아무 일도 없었던 것처럼 행동하는 페르, 곤 옹, 드라 짱네와 입씨름을 하다 보니 나는 진이 다 빠졌고, '아크' 멤버들은 넋이 나간 듯한 얼굴을 하고 있었다.

그런 일행을 태운 거대 스이는 중간에 있던 가까운 섬으로 향했다.

어찌 되었건 땅에 발을 붙이고 싶다고 내가 강하게 요청했던 것이다.

그만큼 지독한 일을 당했으니 그렇게 생각할 만도 하잖아.

페르 일행은 빨리 앞으로 가고 싶다면서 투덜투덜 불평을 해댔지만 그런 건 무시다.

저녁식사를 방패 삼아서 나는 섬에 상륙하자고 강경하게 주장했다.

그 바람에 페르 일행도 어쩔 수 없다는 분위기로 동의할 수밖에 없었던 것이다.

『주인~ 섬이 보이기 시작했어~.』

"좋아! 서둘러, 스이!"

『알았어~!』

스이가 속도를 높여준 덕에 머지않아 섬에 상륙했다.

나는 곧장 스이에게서 뛰어내려 땅에 발을 붙였다.

그리고 모래투성이가 되는 것도 개의치 않고 모래사장에 큰 대자로 누웠다.

"아~ 살아 있어서 다행이야아~."

마음이 놓이자 저절로 그런 말이 입 밖으로 튀어나왔다.

하지만 땅에 내려서서 안심한 것은 나뿐만이 아니었던 모양이다.

"살아있어, 나는 살아있다고오오오."

"우오오오오."

"휘이~ 이번엔 정말 끝장인 줄 알았네……."

"돌아가면 무조건, 꼭 손주 만나러 갈 거야……."

분명 살아도 산 것 같지가 않았던 것이리라.

섬에 상륙해서 땅에 발을 디디고서야 겨우 생기를 되찾은 '아크' 멤버들이 저마다 말을 내뱉었다.

그 심정, 너무도 잘 알겠어.

우리로서는 그야말로 구사일생한 느낌이니까.

"살아있다는 건 멋진 거네요……."

"그래. 살아 있어서 다행이야."

"그러게 말이야……."

"모험가라는 게 죽음과 맞닿아 있는 직업이라는 건 진즉부터 알고 있었지만 말이네. ……정말 살아남아 다행이구먼."

"응. 이제 손주도 못 만나고, 맛있는 것도 못 먹게 될 줄만 알았어……."

우리는 진지하게 그런 말을 주고받으며, 서로 어깨를 토닥이며 기뻐했다.

죽음을 의식한 같은 경험을 한 탓인지, 우리에게는 이유 모를 동료 의식 같은 연대감 비슷한 것이 생겨나 있었다.

"그나저나 무코다 씨는 늘 그런 경험을 해?"

기디온 씨가 걱정스러운 얼굴로 그렇게 물었다.

"설마요! 늘 그랬다간 제 신경이 못 버텨낼걸요. 저도 이번처럼 위험하다고 해야 할지, 이러다 정말 죽는 거 아닐까 싶었던 건 처음입니다. 평소에는 후방에서 대기만 하고 있으니까요……."

나는 전력감이 안 된다는 걸 아니까.

섣불리 참가하려 하면 발목만 잡을 거라고.

그래서 녀석들이 고랭크 마물과 싸울 때는 거리를 둔 채 지켜보는 것이 평소의 패턴이다.

"'평소에는'이라, 저런 괴물 같은 마물을 상대하고 있다는 건 부정하지 않는군."

"아니, 그게~……."

가우디노 씨, 뜨끔한 지적을 하시네.

저만한 괴물은 아닐지 몰라도 여러 마물을 상대하고 있기는 하지.

페르 일행이.

나는 그런 것과 싸우고 싶지 않지만, '엄청'이라는 수식어가 붙을 만큼 호전적인 우리 애들이 절대 그냥 넘어가질 않는단 말이지…….

"나도 이래봬도 A랭크 모험가네. 때로는 S랭크 마물과 부딪힐 때도 있지. ……하지만 저건 아니야. 저런 건 우리 같은 평범한 모험가가 상대할 것이 아니라고."

시그발드 씨가 그렇게 역설했다.

저도 저런 것과 싸우고 싶지 않았다고요.

아닌 게 아니라 저런 것인 줄 알았다면 어떻게든 페르를 뜯어말렸을 텐데.

"저건 아마, 그림책에 나오는 카리브디스."

페오도라 씨가 그렇게 중얼거렸다.

"카리브디스? 그림책이라면……. 그건가? '빛의 용사 ~바다 모험편~'에 나오는 거!"

사실은 용사를 동경하고 있었다는 기디온 씨가 뭔가 눈치를 챈 모양이다.

"그래. 딸한테 몇 번이나 읽어줘서 기억해."

페오도라 씨가 깊이 고개를 끄덕이며 그렇게 말했다.

"카리브디스……. 폭식의 마물인가."

"그나저나 정말로 있었구먼. 저런 녀석이."

가우디노 씨도 시그발드 씨도 빛의 용사와 카리브디스라는 키워드를 듣고 생각이 난 모양이다.

듣자하니 빛의 용사 이야기는 권선징악형 용사 이야기로, 많은 사람들이 어릴 적 잠들기 전에 한 번쯤은 듣게 되는 이야기라는 모양이다.

그 빛의 용사 이야기의 바다 모험편 최대의 적이 이 카리브디스라는 괴물인 것이다.

그렇구나아.

……아니, 가만.

여러분, 왜 이쪽을 쳐다보는 건데요?

'아크' 멤버들의 시선이 일제히 나에게 쏟아지고 있었다.

"무코다 씨, 의외로 고생을 많이 하고 있었구나……."

"저런 것만 상대하고 다니면, 나라면 진작 미쳐버렸을 거야……."

"뭐어, 저건 특별한 경우였다지만, 매번 S랭크 마물을 상대하고 다니는 건 좀……."

"아무리 모험가라도 무리."

"무, 무슨 말씀들을 하시는 거예요?"

뭔가 다들 나를 동정하는 눈빛으로 쳐다보고 있는데…….

"무코다 씨, 당신이라면 분명 괜찮을 거야."

"희망을 가져, 무코다 씨!"

"강하게 사시게!"

"죽으면 안 돼."

아니아니아니, 무슨 소릴 하시는 거냐고요?!

저런 건 이번이 처음이었다고 말했잖아요~!

『어이, 배가 고프다. 밥을 내놔라.』

『나도 배가 고프군그래.』

『나도 배고파~!』

『스이도 배고파~.』

녀석들까지 염화로 『배고파』라고 노래를 불러댔다.

너희들 말이지…….

내가 동정 섞인 시선을 받는 것도 다 너무 호전적인 너희 때문이거든~?!

'아크' 멤버들에게 동정 어린 시선을 받은 것이 납득은 안 됐지만.

딱히 S랭크만 상대하고 있는 건 아니라고.

…………아니, 그런 경우가 많긴 하지만.

하, 하지만 실제로 싸우는 건 페르네고.

나는 보고 있을 때가 더 많고…….

게다가 애초에 나는 상인이 되려고 했다고.

람베르트 씨네와 거래하며 조금은 상인 같은 짓을 하고는 있지만, 아무리 생각해도 모험가 활동 쪽이 주체가 됐단 말이지.

곰곰이 생각해 보니 요즘 들어 너무 던전에 자주 온 것도 같고.

페르네가 좋아한다는 이유도 있지만, 이러니저러니 하면서도 전부 답파까지 해버렸고.

하층으로 가면 고랭크 마물밖에 없으니, 그렇게 생각하면 '아크' 멤버들의 말도 아주 틀린 건 아닌 것 같다고 해야 할지…….

새, 생각하지 말자.

지금의 생활도 그럭저럭 즐겁잖아.

조, 좋아, 밥이나 하자.

그러자.

이곳은 던전 안인데도 땡볕 때문에 더우니 시원하고 산뜻한 걸로 하자.

간단하게 냉파스타나 해먹는 것도 괜찮을 것 같은데.

그래!

자이언트 스캘럽의 관자가 한가득 있으니 관자 냉파스타도 괜찮을지도.

응, 그걸로 하자.

근데 고기라면 사족을 못 쓰는 먹보 콰르텟이 '고기는 어디 있지?'라고 할 것 같은데.

그렇다면…….

던전 돼지로 돼지고기 샤브샤브 냉파스타도 만들도록 할까.

분명 비축해뒀다가 쓰려고 던전 돼지를 얇게 썰어뒀던 것 같으니 마침 잘됐네.

메뉴가 정해졌으니 재료 확인부터 하자.

관자 냉파스타 쪽은 재료가 다 있다.

돼지고기 샤브샤브 냉파스타 쪽은…….

"돼지고기 샤브샤브에는 역시 참깨 소스지~. 그런고로 참깨 소스용 참깨 페이스트가 있어야겠고. 채소는, 경수채면 되려나."

부족한 재료인 참깨 페이스트와 경수채를 '아크' 멤버들에게 들키지 않도록 마도 버너 뒤에 숨어서 인터넷 슈퍼에서 슬그머니 구입한다.

"좋아. 우선 물을 끓여야지."

찜 냄비에 물을 잔뜩 담아 마도 버너에 올린다.

"훗훗후, 새로운 마도 버너는 화구가 여섯 개나 돼서 넉넉하네."

먼저 자이언트 스캘럽의 관자 찜과 던전 돼지 샤브샤브를 만든다.

여섯 개의 찜 냄비 중 세 개에 소금을 넣고 자이언트 스캘럽의 관자를 삶는다.

나머지 세 개의 냄비로 얇게 썬 던전 돼지의 고기를 삶는다.

양쪽 모두 삶아지면 건져서 소쿠리에 얹어 어느 정도 식히고, 마도 냉장고에 넣어서 다시 식힌다.

다음은 파스타용으로 물을 끓인다.

물이 끓는 동안 관자 냉파스타용 소스에 사용할 앨번표 양파를 다져서 물에 담가둔다.

앨번이 수확한 양파는 매운맛이 적고 단맛이 강해서 잠깐만 담가둬도 된다.

그 후, 엄청 맛있는 앨번표 토마토를 1센티미터 크기로 깍둑썰기한다.

껍질이 신경 쓰인다면 살짝 삶아서 벗기고서 써는 게 좋지만,

나는 그렇지 않아서 그대로 사용한다.

토마토를 잔뜩 썰고 난 후, 물에 담가뒀던 양파의 물기를 빼서 소스를 만들기 시작한다.

볼 그릇에 다진 양파를 넣고 거기에 간장, 올리브 오일, 흑초, 설탕, 분말 타입의 카츠오부시*를 넣어 잘 섞는다.

완성된 소스를 한 번 낼름…….

"응, 완벽해."

그런 다음, 이번에는 돼지고기 샤브샤브 냉파스타에 사용할 경수채의 밑동을 베어내고 4센티미터 정도의 길이로 썬다.

다음은 소스를 만든다.

볼 그릇에 참깨 페이스트, 멘쯔유, 설탕, 식초, 참기름, 참깨를 넣고 잘 섞는다.

역시나 완성된 소스를 낼름.

"이쪽도 괜찮네."

그러는 동안 물이 부글부글 끓기 시작한 걸 발견했다.

"어이쿠, 소금소금."

끓기 시작한 물에 소금을 넣고 파스타를 투입.

파스타가 붙지 않도록 때때로 저어주며 삶는 동안 작업 하나를 더 한다.

냉장고에 넣어 식히고 있던 삶은 자이언트 스캘럽의 관자를 한 입 크기로 썬다.

관자 냉파스타의 소스가 든 볼 그릇에 엄청 맛있는 앨번표 토

※ 일본 국물 요리의 기본이 되는 발효한 가다랑어포.

마토와 자이언트 스캘럽의 관자를 넣고 잘 섞는다.

그다음은 돼지고기 샤브샤브 냉파스타의 소스가 든 볼 그릇에 식혀둔 던전 돼지고기 샤브샤브와 경수채를 넣고 역시나 잘 섞어 둔다.

거기까지 끝낸 참에 파스타가 다 삶아졌다.

이제 삶아진 파스타를 얼음물에 헹궈서 관자 냉파스타 소스와 건더기가 든 볼 그릇과 돼지고기 샤브샤브 냉파스타 소스와 건더기가 든 볼 그릇에 각각 옮겨, 잘 섞어주면 된다.

그런 다음 그걸 잘 담아내면…….

"완성!"

관자 냉파스타에는 채 썬 차조기잎, 돼지고기 샤브샤브 냉파스타에는 무순을 얹는 편이 색도 산뜻하고 보기 좋지만, 다소 취향을 타기도 해서 이번에는 얹지 않기로 했다.

'아크' 멤버들도 있으니까.

"밥 다 됐어~."

그렇게 말하자 다들 금방 모여들었다.

페르와 곤 옹, 드라 짱과 스이까지 먹보 콰르텟에게는 처음부터 양쪽 냉파스타를 모두 내주었지만(두말할 필요도 없이 다들 대식가라, 두 그릇쯤은 순식간에 비울 테니까) '아크' 멤버들에게는 어느 쪽을 먹고 싶으냐고 물었다.

파스타는 먹으면 꽤 든든하니, 아무리 그래도 둘 다 먹진 못할 거라고 생각해서 한 말이지만 네 명 모두 둘 다 먹겠다고 주문했다.

괜찮을까 싶었지만, 다들 아주 싹싹 먹어치웠다.

"차가운 면이라니, 이런 식으로 먹을 수도 있었군. 산뜻하고 맛있는걸."

"둘 다 맛있어!"

"둘 다 맛있지만, 나는 이 고기가 올라간 쪽이 더 취향이로군. 구수하면서도 농후한 맛이 뭐라 말할 수 없을 만큼 훌륭해."

"엄청 맛있어."

그런 소리를 하며 접시를 싹싹 비웠다.

페오도라 씨는 관자 냉파스타를 한 그릇 더 달라고 했을 정도다.

정말이지 무시무시한 위장이네.

먹보 콰르텟은 평소와 마찬가지로 미친 듯이 추가 주문을 해댔다.

곤 옹, 드라 짱, 스이는 이 더운 날씨에 먹는 냉파스타가 꽤나 마음에 들었는지, 관자 냉파스타와 돼지고기 샤브샤브 냉파스타를 골고루 추가 주문했지만, 페르만은『끙, 고기가 적다』라며 불평을 했다.

그런 것치고는 돼지고기 샤브샤브 냉파스타를 와구와구 먹은 것도 모자라 추가 주문도 제일 많이 해놓고는.

나는 관자 냉파스타를 먹었다.

내가 만든 거긴 하지만, 산뜻한 게 엄청 맛있었다.

역시 더울 때는 이런 산뜻한 게 땡긴다니까~.

참고로 이번에는 소스를 만들었지만 귀찮다면 관자 냉파스타에는 일본풍 드레싱을, 돼지고기 샤브샤브 냉파스타에는 참깨 드레싱을 사용해도 상관없다.

그러는 편이 훨씬 간편해서 나도 여름에는 자주 그렇게 먹었거든.

그런고로 다들 냉파스타를 다 먹었기에 유리병에 옮겨둔 차가운 사과주스를 마시며 한숨을 돌렸다.

"그러고 보니 말이야, 필요 없다면서 카리브디스의 드롭 아이템을 무코다 씨한테 주던데, 어떤 아이템이었어?"

사과 주스로 목을 축이며 기디온 씨가 무척 궁금하다는 투로 물었다.

"그러고 보니 그런 소릴 하는 걸 듣기는 했지."

가우디노 씨도 관심을 보였다.

"음. 저만한 마물에게서 나온 드롭 아이템이라니, 나도 궁금하군그래."

시그발드 씨도 '후학을 위해서'라는 핑계를 댔지만 궁금한 모양이다.

그나저나 그 상황에서 다들 용케 그걸 다 보고 기억하고 있네.

'아크' 면면들에게는 이전에 네이호프에서 샀던 도자기 컵에 사과 주스를 따라서 대접했는데, 페오도라 씨가 그 컵을 말없이 내밀기에 한 잔 더 따라주었다.

그렇게 유유자적한 페오도라 씨의 모습에 쓴웃음을 지으며 나는 카리브디스의 드롭 아이템에 관해 떠올려 보았다.

"으음, 분명 마석과 이빨과 보물 상자였죠."

내가 그렇게 말하자 세 사람 모두 보물 상자라는 단어에 반응했다.

"호호오~ 보물 상자라고? 안에는 무엇이 들어있던가?"

"나도 그게 궁금해!"

"그래, 나도네."

"아~ 그런 일을 겪은 직후라 확인 안 하고 아이템 박스에 처박아둬서 저도 아직 안에 뭐가 들었는지는 몰라요. 그래, 지금 열어보죠."

어차피 나중에 확인하게 될 테니 지금 확인해도 상관없지 않을까 싶어서 열어보기로 했다.

아이템 박스에서 꺼낸 '카리브디스의 보물 상자'는 다시 보니 상당히 화려했다.

짙은 남색을 띠었고 파도 무늬를 본뜬 듯한 조각이 섬세하게 새겨져 있으며, 다이아몬드며 펄(진주) 같은 보석이 총총히 박혀 있다.

그것을 본 가우디노 씨가 "보석 상자만 팔아도 한몫 잡겠군"이라고 중얼거리자 기디온 씨와 시그발드 씨가 침을 꼴깍 삼키며 고개를 끄덕였다.

확실히 내가 지금까지 보아온 보물 상자들 중에서도 특히 화려한 생김새이기는 하다.

나도 모르게 마른침을 꿀꺽 삼키고 말았다.

어이쿠, 열기 전에 감정부터 해야지.

보물 상자를 몰래 감정하여 함정이 없는 걸 확인했다.

"그러면, 열어볼게요."

나는 긴장한 채 '카리브디스의 보물 상자'를 열었다.

가우디노 씨, 기디온 씨, 시그발드 씨와 내가 보물 상자 안을 들여다보았다.

""""""…………."""""""

네 사람 모두 말이 없어졌다.

안에는 엄청난 양의 사파이어와 다이아몬드, 그리고 진주가 사용된 티아라가 있었다.

"엄청난 게 들어있었구먼……."

시그발드 씨가 중얼거린 말에 가우디노 씨와 기디온 씨가 말없이 고개를 끄덕였다.

"모험가 길드에서 매입해줄까……."

가치가 상당할 듯하다는 건 알겠지만 보석에 티아라면 매물로 내놓는 수밖에 없을 것 같은데.

"무리일걸. 아닌 게 아니라 이건 경우에 따라선 전쟁의 불씨가 될 수도 있네."

"켁?"

시그발드 씨가 말한 '전쟁의 불씨'라는 단어를 들으니 나도 모르게 이상한 목소리가 새어 나왔다.

"무코다 씨는 펄의 가치를 아는가?"

펄이면 진주 말이지?

진주보다 다이아몬드나 사파이어가 더 가치 있지 않나?

"모르는 것 같구먼. 잘 듣게, 펄이란 건 말이지…………."

시그발드 씨의 말에 따르면, 진주는 애초에 물건 자체가 흔치 않다고 한다.

그도 그럴 것이 펄을 채취할 수 있는 자이언트 펄 오이스터라는 조개 마물은 먼 옛날에 난획되어서 지금은 극소수가 서식하고 있을 뿐이기 때문이란다.

게다가 모든 자이언트 펄 오이스터에서 펄이 나는 것은 아니고, 어느 정도 오래 산 개체에게서만 채취할 수 있다는 듯했다.

그런 탓에 펄이라는 것은 현재 1년에 몇 개가 발견될 뿐인 매우 귀중한 물건이 되었다.

상류 계급의 여성들은 심플하지만 고상해서 착용자를 보다 돋보이게 해주는 펄의 광채에 포로가 되었다는 모양이다.

실제로 1년에 몇 개 발견되는 펄만 해도 상류 계급 여성들에 의한 쟁탈전이 국가를 불문하고 발생 중이라고 한다.

그러다 보니 당연히 그 가치도 보석 중 으뜸인 것이다.

시그발드 씨도 젊을 적에 어느 왕족이 마을로 가공 의뢰를 해온 것을 슬쩍 본 게 다라는 듯했다.

"이것보다 훨씬 알갱이가 작았지. 허나 가공이 끝날 때까지 삼엄한 경비가 따라붙었던 게, 지금도 생생히 기억나네. 그런 펄이, 이만큼 풍성하게 장식되었네. 게다가 어느 것 할 것 없이 울퉁불퉁한 면이 없는 거의 완벽에 가까운 구체가 아닌가. 게다가 이 크기를 좀 보게! 이런 게 있다는 사실이 알려지는 날에는……. 나는 무서워서 생각하고 싶지도 않구먼."

시그발드 씨의 이야기를 들은 가우디노 씨와 기디온 씨의 얼굴이 굳어졌다.

그리고 세 사람의 눈이 나를 쳐다보았다.

마치 '이거 어쩔 거야?'라고 묻는 듯했다.

"여러분, 이건 못 본 걸로 하시죠……."

그렇게 말할 수밖에 없잖아.

시그발드 씨의 '전쟁의 불씨'라는 말이 호들갑이라는 생각을 안 한 건 아니지만, 이야기를 듣고 나니 아주 호들갑이라고 단언할 수가 없을 것 같다고오오오.

이런 걸 어떻게 세상에 내놔.

못 본 셈치고 아이템 박스에 영구봉인하는 수밖에 없잖아.

그나저나 카리브디스는, 마지막까지 골치를 썩이네…….

냉파스타로 다소 이른 저녁식사를 한 우리는 그대로 일찌감치 취침했다.

카리브디스 덕분에 녹초가 된 상태라(먹보 콰르텟은 제외하고) 금방 잠들 수 있었다.

나는 눕고서 1분도 안 돼서 곯아떨어졌다고.

'아크' 멤버들도 마찬가지였던 것 같지만.

푹 잔 덕분에 오늘 아침에는 개운하게 잠에서 깼다.

'아크' 멤버들도 하룻밤 푹 잔 덕에 마음의 정리가 된 모양이다.

가우디노 씨가 말하길 "이제 와서 돌아가려 해도 우리끼리는 방법이 없으니까. 게다가 무코다 씨네랑 있으면 어떻게든 된다는 걸 실감했거든. 우리는 죽을 각오로 따라갈 뿐이야"란다.

그 말에 다른 멤버들도 응응, 고개를 끄덕이며 조용히 웃고 있었다고.

체념의 경지라고 해야 할지 달관했다고 해야 할지, '아크' 멤버들의 그 모습을 보고 있자니 기분이 참 묘했다.

우리 애들은, 던전은 답파해야 직성이 풀리는 애들이다 보니.

전이 마법진이라도 있어서 금방 돌아올 수 있는 상황이 아닌 한은 적당히 하고 돌아갈 리가 없단 말이지.

그런 탓에 나도 "뭐, 뭐어, 일단 아침부터 먹죠"라고 말할 수밖에 없었다고.

아침식사로는 내 전용 담백한 양식 메뉴 중 하나인 플레인 오믈렛에 채소가 듬뿍 들어간 콩소메 수프에 버터롤을 내놓았다.

물론 이건 나와 '아크' 멤버들용이다.

먹보 콰르텟에게는 녀석들이 주문한 기간트 미노타우로스 스테이크 덮밥을 주었다.

나 이외의 모든 사람들이 추가 주문을 해가며 든든하게 아침을 먹은 후, 거대해진 스이를 타고 다시 바다로 나아갔다.

쨍쨍 내리쬐는 햇볕에 잔잔한 마린 블루빛 바다.

아무 일도 생기지 않는다면 최고의 상황이다.

하지만 이곳은 던전.

결코 그럴 리가 없었다.

"이봐, 저거 움직이지 않았나?"

시그발드 씨가 잔잔한 해수면에서 움직이는 그림자를 발견했다.

나는 시그발드 씨가 가리킨 해수면을 응시했다.

"움직이고 있네요……."

"그래."

"저건, 등지느러미인가?"

마찬가지로 시그발드 씨가 가리킨 해수면을 바라보던 가우디노 씨와 기디온 씨도 움직이는 무언가를 확인한 듯했다.

"등지느러미라니……."

불길한 예감이 드는데.

그렇게 생각한 순간.

텀버~엉──.

그 그림자가 물보라를 튀기며 뛰어올랐다.

"처, 처, 청새치?!"

저 날카롭고 긴 특징적인 위턱을 어떻게 잘못 보겠는가.

모 배우의 낚시 방송으로 익숙한 청새치가 대형 물고기라는 것은 알았지만, 아무리 그래도…….

"너무 크잖아~."

아무리 봐도 원근법이 잘못됐어.

여기서 봐도 상당히 커 보이는 청새치는 긴 위턱을 포함시키면 20미터, 아니, 어쩌면 30미터는 더 될 듯했다.

"저, 저건, 아마도 타이런트 소드피시일 거야……."

가우디노 씨가 중얼거리듯이 그렇게 말했다.

"타이런트 소드피시, 라고요?"

"그래. 예전에 읽은 책에 따르면 외해에나 나가야 마주치는 마물이기도 해서 A랭크라고 되어 있었지만, 뱃사람들에게는 크라켄만큼 성가신 마물이라더군. 저 뾰족한 위턱 한 방에 대형 선박이 침몰하기도 한다고 되어 있었어……."

"지, 진짜요……?"

"한 방이라고……?"

"나는, 헤엄을 못 치네만……."

가우디노 씨의 설명에 나도 기디온 씨도 시그발드 씨도 말문이 막혀버렸다.

"온다!"

조용히 있던 페오도라 씨가 소리쳤다.

『주인~ 커다란 물고기가 오고 있어~.』
"으엑, 아~~~?!"
타이런트 소드피시가 허연 물살을 일으키며 이쪽으로 오고 있었다.
허둥대는 나는 아랑곳 않고…….
『잡았다~.』
"스이?!"
스이가 타이런트 소드피시의 날카롭고 긴 위턱을 촉수로 휘감았다.
『어라? 어라라라라.』
타이런트 소드피시는 스이의 촉수는 개의치 않고 그 둥그런 몸을 찌르려고 돌진해 왔다.
그에 밀리듯이 스이의 몸도 뒤로 떠내려갔다.
『좋~았어, 내가 마무리를 해주지! 스이, 그대로 잡고 있어!』
드라 짱이 돕겠다고 나섰다.
그리고…….
푸슉――.
그 날카롭고 긴 위턱에도 지지 않을 만큼 날카로운 얼음 기둥이 타이런트 소드피시의 몸통을 꿰뚫었다.
『아~! 스이가 해치우려고 했는데~.』
『뭐야?! 밀리는 것 같아서 도와준 건데!』
……그래, 이 정도 상대는 너희한테 아무것도 아니었지.
허둥댈 필요가 없었어.

맥이 탁 풀리는 걸 느끼고 있던 중, '아크' 멤버들도 나와 같았는지.

"아~ 그렇게까지 걱정할 필요는 없었네……."

"어떻게 보면 어떤 요새에 있는 것보다 안전할지도……."

"펜리르 공과 에인션트 드래곤(고룡) 공은 아예 자고 있구먼. 슬라임과 작은 드래곤 공이면 충분히 대응할 수 있으리라 판단하신 것일 테지."

"여러모로 이상하긴 하지만."

뭐어, 그러게요, 라고 할 수밖에.

그나저나 '여러모로 이상하긴 하지만'이란 말은 페오도라 씨한테 듣고 싶지 않거든요?

그런 가운데, 아직도 씩씩거리며 말다툼을 하고 있는 드라 짱과 스이에게 염화를 보냈다.

『하아……. 드라 짱이랑 스이, 싸우지 마. 그보다 드롭 아이템은 있었니?』

『아, 잠깐 기다려~. 으음~ 여기!』

뭔가 커다란 덩어리를 붙잡은 스이의 촉수가 해수면에서 모습을 드러냈다.

"드롭 아이템은, 타이런트 소드피시의 살인가."

『주인~ 그거 맛있어?』

"잠깐만 기다려 봐."

감정해 보니 구우면 맛있다고 떴다.

"구우면 맛있다나 봐. 데리야키를 하거나 마늘 간장 양념을 해서 먹으면 맛있을 것 같네."

정석적인 청새치 요리로 만들어서 먹으면 무난하게 맛있을 것 같다.

『야, 스이, 좀 전에 그거 맛있대.』

『응. 주인이 맛있다고 했어~.』

『좋아, 더 많이 잡자!』

『응!』

뭐?

의욕적인 건 좋은데, 저런 건 그렇게 많이 필요 없다고.

『좋았어~! 내가 날아서 찾아주지~!』

그렇게 말하며 드라 짱이 의기양양하게 날아올랐다.

『우측 전방에 등지느러미 발견! 스이, 전진~!』

『네~에!』

잠깐, 어, 어?

발견했다니, 타이런트 소드피시란 게 그렇게 쉽게 찾을 수 있을 만큼 많은 거야~?!

"자, 자자잠깐만, 드라 짱이랑 스이 너희 멋대로 뭐 하는 거야?! 페르, 곤 옹, 일어나!"

『뭐냐? 기껏 기분 좋게 자고 있었더니만.』

『남이 자는 걸 방해하면 못 쓰네, 주공.』

"느긋하게 잠이나 잘 때가 아니야! 드라 짱이랑 스이가 마물을 찾겠다며 멋대로 움직이고 있다고!"

『드라와 스이라면 문제없다. 내버려 둬라.』

"내버려 두라니, 진행 방향과 반대쪽으로 가면 어쩌려고!"

『그것도 괜찮네. 나도 페르도 진행 방향은 알고 있으니 말이야.』

『그런 거다.』

『그런 것이네.』

양대 거두는 그렇게 말하더니 다시 잠들었다.

"아 정말~ 너희, 방임주의로 키우는 것도 정도껏 하라고!"

『좋았어~ 페르랑 곤 옹도 괜찮을 거라고 보장했으니 해치우자, 스이~!』

『해치울래~!』

그러한 구령과 함께 스이가 속도를 높였다.

"야야야, 드라랑 스이 둘 다 멈춰어어어~!"

소리치는 내 옆에는…….

"훗, 우리는 아무것도 할 수 없군……."

"막을 수 있을 리가 없잖나……."

"어떻게든 죽지 않도록 조심하자고."

"응, 죽지 않도록."

많은 것을 깨달은 듯 온화한 표정을 하고 있는 '아크' 멤버들이 있었다.

『어라~? 아까 본 커다란 물고기랑 다른 것 같아~.』

『그러게. 가만, 이거 먹을 수 있는 건가? 겉보기엔 엄청 맛없어

보이는데.』

드라 짱과 스이가 다음 사냥감으로 점찍은 등지느러미의 주인공은 초거대 상어였다.

그 초거대 상어는 접근한 우리를 거꾸로 먹잇감으로 점찍었는지.

날카로운 이빨이 빽빽하게 돋아난 큰 입을 벌린 채, 당장에라도 우리를 잡아먹으려고 달려들었다.

"잠까안~! 느긋하게 수다 떨고 있지 말고 어떻게든 하라고오오오."

초거대 상어가 육박해 온다.

"아으으으으으."

나는 다리가 풀려서 엉덩방아를 찧었다.

그런 나와 대조적으로 이런 상황에도 페르와 곤 옹, 양대 거두는 미동도 하지 않았다.

한쪽 눈을 떠서 상황을 흘끔 확인하더니, 페르와 곤 옹은 다시 잠들어버렸다.

야아~ 이런 상황에 잠이 오냐고~!

두고 보자, 너희들~!

『주인~ 괜찮아~! 스이가 해치워 버릴게~. 에~잇!』

그렇게 말하더니 스이가 초거대 상어의 커다란 입에 산탄 몇 발을 명중시켰다.

당장에라도 우리를 잡아먹을 기세였던 초거대 상어의 모습이 처참하게 바뀌었다.

텀~벙――.

텀~벙──.

텀~벙──.

날카로운 이빨을 훤히 드러내고 있던 초거대 상어가 그 입을 다문 채, 등지느러미가 휘어지도록 몸을 해수면에 마구 처박아댔다.

"우와와와왁."

초거대 상어가 괴로움에 몸부림치고 있다.

그 영향으로 해수면이 크게 흔들렸다.

나와 '아크' 멤버들은 떨어지지 않도록 필사적으로 스이에게 매달렸다.

『우와~ 흔~들~린~다~. 재미있어~어!』

스이는 신이 나서 웃어댔다.

초거대 상어는 해수면에 그런 커다란 파도를 일으키며 날뛰더니.

추~욱…….

서서히 움직임이 둔해지기 시작했다.

그리고 결국은 배를 까뒤집고 둥둥 뜬 채 움직임을 멈췄다.

『아~아, 끝나버렸어~.』

스이는 아쉬운 눈치다.

『사라졌어~. 으~음…… 잡았다~!』

스이의 촉수가 해수면에서 튀어나왔다.

『여기, 주인~.』

"그, 그래."

스이에게서 초거대 상어의 드롭 아이템을 받았다.

자잘하고 뾰족뾰족한 이빨과 큼직한 마석이었다.

『근데 말이야~ 또 스이가 쓰러뜨려 버렸잖아~. 다음은 무조건 내 차례다?! 스이는 손대지 마!』

『에이~.』

『에이~라니! 스이만 처치하는 건 치사하잖아!』

『치이~ 어쩔 수 없지. 스이는, 착한 애니까 다음은 드라 짱한테 양보해 줄게~. 그치만 다음의 다음은 스이 차례야~.』

…………….

"저기, 너희 혹시, 계속하려고?"

『당연하지. 그 물고기의 살코기를 손에 넣을 때까진 계속할 거야.』

『주인~ 맛있는 거 잔뜩 잡을게~.』

드라 짱도 스이도 계속할 생각으로 가득했다.

"아, 아니, 청새치의 살코기는 이미 있으니까, 이거면 충분할 것 같은데."

『무슨 소릴 하는 거야. 더 많은 편이 좋잖아.』

『맛있는 건 잔뜩 있는 게 좋아~.』

『좋아, 또 찾아보자!』

그렇게 말하더니 드라 짱이 또 날아갔다.

『으~음, 오, 찾았다! 좌측 전방에 등지느러미 발견! 스이, 가자~!』

『네~에!』

"아니아니, 잠깐잠깐, 이미 충분하다고!"

『이쪽이야, 스이~.』

『알았어~!』

드라 짱이 선도하자 스이는 의기양양하게 하얀 물결을 일으키며 나아갔다.

잔뜩 들뜬 데다 의욕까지 넘치는 드라 짱과 스이에게는 내 목소리가 전혀 들리지 않는 모양이었다.

"하아~. 둘 다 저렇게 들떠 버리다니."

이거 만족할 때까지 안 멈추겠구나 싶어서 '아크' 멤버들에게 사과라도 해두려고 돌아보니…….

"어어…………."

'아크' 멤버들은 말없이, 깨달음이라도 얻은 듯한 미소를 짓고 있었다.

"아아~ 피곤하다……."

오늘의 야영지로 삼을 섬에 도착하자마자 나온 게 이 말이다.

여러모로 피곤한 하루였어.

드라 짱과 스이의 사냥…… 아니, 낚시는 결국 저녁 무렵까지 계속되었다.

목적했던 타이런트 소드피시가 좀처럼 보이지 않더라고.

아니, 애초에 그런 게 그리 흔치는 않겠지만.

뭐, 그런고로 드라 짱도 스이도 좀처럼 만족스러워하질 않아서, 결국 거의 하루 종일 찾아다녀야만 했다.

그 덕분이라고 해야 할지, 그 후로 타이런트 소드피시의 살코기를 두 개 정도 입수하기는 했지만…….

목표에 도달하기까지의 길이 얼마나 험난하던지.

아무리 드라 짱이라도 페르나 곤 옹처럼 기척으로 마물을 찾아내는 것까지는 못하다 보니.

등지느러미를 육안으로 찾고 잡으러 다녀야 했다.

하지만 확인한 건 등지느러미뿐이라 그 주인이 타이런트 소드피시라는 법은 없었다.

커다란 범고래 같은 마물에게 잡아먹힐 뻔하거나 고래처럼 생겼는데 날카로운 이빨이 빼곡하게 돋아난, 딱 봐도 육식 동물 같은 마물에게 잡아먹힐 뻔하거나…….

여러모로 험한 꼴을 당했다고.

그런 일이 있었는데도 믿는 언덕인 페르와 곤 옹은『드라와 스이라면 괜찮을 거다』라고만 하더니 나 몰라라 하고 낮잠을 만끽했다.

'아크' 멤버들은 연달아 그런 일이 있었던 탓인지 하얗게 불타버린 듯이 얼굴이 허옇게 질려 있었다고.

하아~ 어쨌든 진짜 일진이 사나운 날이었다.

이럴 때는 바로 잠자리에 들고 싶지만…….

『오늘 밥은 뭐냐?』

『아까 드라와 스이가 잡은 물고기인가? 추가로 잡는 듯했으니 양은 충분하겠구먼.』

『좋군. 맛있다고 했었지. 그걸로 해라.』

그걸로 하라니, 크으으으윽.

그런데 말이야…….

“페르도 곤 옹도 자고 있었던 것치고는 이야기하는 걸 다 들었나 보네에~.”

비아냥거림을 담아 쏘아붙였더니 페르와 곤 옹은 아주 태연하게 으스대는 얼굴로『당연하지. 그 정도는 들린다』라고 대꾸했다.

이것들은 둔해서 알아먹질 못한단 말이지.

그런 생각을 하며 화를 삭이고 있자, 페르와 곤 옹에게 증원군이 붙었다.

『나도 아까 잡은 물고기 먹고 싶어!』

『스이도~!』

드라 짱과 스이도 타이런트 소드피시를 먹고 싶단다.

“하아, 알겠습니다. 아까 잡은 생선을 저녁으로 내놓으면 되잖아~. 너희가 원하는 대로 해줄 테니까, 나도 원하는 거 하나 말한다?”

『네가 원하는 거라고? 뭐지?』

크으윽, 페르 이 녀석, 뭘 잘했다고 으스대는 건데~.

“이쯤에서 하루 쉬고 싶어! 매일 바다 위에서 지내면 지쳐 나가떨어지고 말 거라고. 내일 하루 동안 탐색은 쉬기로 하자.”

내가 그렇게 말하자 ‘아크’ 멤버들이 반짝반짝 빛나는 눈으로 나를 쳐다보았다.

가우디노 씨도 기디온 씨도 시그발드 씨도 페오도라 씨도 다들 나랑 마찬가지로 지쳐 있었구나…….

『흠. 뭐, 좋다.』

응?

뭔가 의외다 싶을 만큼 쉽게 허락하는데?

『어이어이어이, 계속 가지 않아도 되겠어?』

드라 짱이 이의를 제기했다.

『드라, 잠깐 조용히 있어라. 나중에 이유를 알려주마.』

『이유?』

『어허. 드라와 스이에게는 이따가 이야기해주마.』

곤 옹이 드라 짱을 타일렀다.

뭔가 수상해.

수상하지만…… 뭐, 아무렴 어때.

지금은 휴가를 얻어냈다는 게 더 중요하니까.

자아, 내일은 느긋하게 쉬어보자~.

어디 보자, 타이런트 소드피시를 사용해서 저녁밥을 만들어 볼까.

내일은 대망의 휴일이다.

누가 뭐래도 느긋하게 한가롭게 지낼 생각이니 내일 식사 때는 전부 비축 식량을 내놓을 예정이다.

그러니 오늘 저녁 메뉴는 살짝 호화스럽게 청새치 파티를 해볼까.

타이런트 소드피시는 엄청 거대한 청새치처럼 생겼는데, 그 살코기도 청새치랑 똑같았다.

청새치 하면 역시 데리야키를 빼놓을 수 없지.

이게 또 쌀밥이랑 잘 어울리거든.

마늘 간장 소테도 나쁘지 않고.

버터를 넣어 갈릭 버터 간장 소테로 만들어도 아주 밥이 술술 넘어갈 것 같네.

하지만 그러면 메뉴가 다 구운 요리로 채워지잖아.

그러면…… 아, 그걸로 하자.

청새치 채소 볶음.

청새치는 맛이 담백하고 살이 단단해 잘 부스러지지 않아서 볶음을 해도 맛있단 말이지.

같이 볶을 채소는…… 그래, 오이로 하자.

앨번에게 받은 오이가 아직 잔뜩 남아 있는 데다, 오이는 의외로 볶아도 맛있거든.

그리고 또…… 볶음 이외의 것으로는, 청새치 타츠타아게*도 괜찮을지도.

그렇게 생각하니 담백한 것도 추가하고 싶네.

으~음, 그러면 마리네**도 괜찮을 것 같다.

좋아, 결정했다!

오늘 저녁 메뉴는 청새치……가 아니라 타이런트 소드피시 데리야키, 타이런트 소드피시 갈릭 버터 간장 소테, 타이런트 소드피시와 오이 볶음, 타이런트 소드피시 타츠타아게, 타이런트 소드피시 일본풍 마리네까지 다섯 개로 하자.

※ 일반적으로 미림과 간장으로 밑간을 한 것에 전분 가루를 묻혀 튀겨낸 일본식 튀김.

※※ 배합한 식초나 레몬즙 등에 식재료를 재우는 조리법, 혹은 그렇게 한 요리.

만들 게 많기는 하지만 재료는 거의 다 있으니 바로 만들기 시작할까.

부족해지면 그때 냉큼 인터넷 슈퍼에서 사면 그만이니까.

그런고로 우선 마리네부터 만들까.

그러면서 타츠타아게를 할 준비도 하고.

다른 요리는 만들어서 아이템 박스에 넣어두면 갓 만든 상태로 보존할 수 있지만 마리네는 재워둘 시간이 필요하고 타츠타아게도 밑간을 할 시간이 필요하니까.

마리네와 타츠타아게를 재워서 맛이 배어드는 동안 다른 요리를 만들어 나가기로 하자.

우선 마리네용 절임액을 만들어둬야지.

이번에는 간장을 넣어 일본풍 마리네로 하려고 한다.

볼 그릇에 간장, 식초, 설탕, 올리브 오일, 굵은 흑후추를 넣고 섞으면 끝이다.

마리네 절임액이 다 됐으니 채소와 청새치……가 아니라 타이런트 소드피시의 살코기를 썬다.

채소는 평범하게 양파와 피망, 당근을 쓰려고 한다.

전부 다 앨번한테 받은 게 잔뜩 있으니까.

양파와 피망, 당근은 채썰고 타이런트 소드피시는 한 입 크기로 어슷썰기한다.

손질한 타이런트 소드피시에는 소금과 후추로 간을 하고 전분가루를 묻힌다.

그리고 잘 달군 프라이팬에 올리브 오일을 두르고 타이런트 소드피시를 굽는다.

타이런트 소드피시를 뒤집어가며 구워서 앞뒤로 노릇하게 잘 익으면 마리네 절임액에 재워둔다.

그런 다음, 양파와 피망, 당근도 풀이 죽을 때까지 가볍게 볶아서 역시나 마리네 절임액에 집어넣는다.

이제 가볍게 섞어서 열기가 식을 때까지 내버려 둔다.

어느 정도 식으면 냉장고에 넣어서 차갑게 식었을 때 먹으면 된다.

일단 열기가 식을 때까지 타츠타아게를 할 준비를 하자.

타이런트 소드피시를 먹기 좋은 크기로 썬다.

다음으로 볼 그릇 안에 다진 마늘과 다진 생강, 간장, 술, 맛술을 넣고 섞어서 그 안에 먹기 좋은 크기로 썬 타이런트 소드피시를 넣고 버무려준다.

이제 30분 정도 재워서 맛이 잘 배어들면 타츠타아게를 할 준비는 끝난다.

열기가 식은 마리네도 마도 냉장고에 넣었겠다, 다음 요리에 착수하자.

다음은 청새치와 오이 볶음으로 할까.

오이는 꼭지를 따서 세로로 반으로 썰고서 어슷썰기를 한 후, 소금에 버무려 물기를 빼낸다.

타이런트 소드피시는 한 입 크기로 얇게 썰어 소금 후추로 간을 하고 전분 가루를 묻힌 후, 기름을 두른 프라이팬에 구워 나간다.

뭐어, 여기까지는 좀 전에 했던 마리네랑 같지.

거기에 간장, 굴소스, 술, 맛술, 다진 생강, 참기름을 섞은 혼합 조미료를 넣고 알코올이 날아갈 때까지 볶아준다.

알코올이 날아가면 물기를 뺀 오이를 넣고서 다시 섞듯이 볶아주면 중화풍 청새치와 오이 볶음 완성이다.

6구짜리 마도 버너를 최대로 활용해 만든 요리를 그릇에 담아, 일단 아이템 박스에 넣어두었다.

"타츠타아게는 마지막에 한다 치고, 다음은 데리야키나 갈릭 버터 간장 소테를 해야겠지. 으~음, 일단 데리야키를 먼저 만들까."

1센티미터 두께 정도로 썬 타이런트 소드피시를 잘 달군 프라이팬에 기름을 둘러 구워 나간다.

겉이 살짝 익으면 뒤집어서 반대쪽도 익힌다.

그런 다음 간장, 술, 맛술, 벌꿀(설탕도 괜찮지만 이번에는 감칠맛을 더하고 싶어서 벌꿀을 써봤다)을 섞은 혼합 조미료를 넣고 졸여주면 완성이다.

완전 간단하지?

재료가 좋아서인지, 타이런트 소드피시는 비린내가 하나도 안 나서 요리하기가 쉽다니깐.

이것도 그릇에 담아 일단 아이템 박스에 넣어두었다.

그리고 다음은 타이런트 소드피시 갈릭 버터 간장 소테다.

이쪽도 타이런트 소드피시를 1센티미터 두께 정도로 썰어서 가볍게 소금 후추로 간을 한다.

그런 다음, 마늘을 다져서 버터와 함께 프라이팬에 넣고 볶다가 마늘향이 올라오면 타이런트 소드피시를 볶기 시작한다.

앞뒤로 노릇하게 잘 익으면 간장과 술과 맛술을 넣고 알코올을 날리며 타지 않도록 졸여준다.

그런 다음, 그 소스에 잘 버무려진 타이런트 소드피시를 그릇에 옮겨 담고, 위에 남은 소스를 끼얹는다.

데리야키, 갈릭 버터 간장 소테는 색이 단조로워 심심해 보이니 이쪽에는 다진 파슬리를 뿌려보았다.

응, 괜찮네.

이것도 아이템 박스에 넣었다.

마지막은 먹보 콰르텟이 좋아 죽는 튀김, 타츠타아게다.

재워뒀던 타이런트 소드피시에 전분 가루를 골고루 묻혀서 기름에 바삭하게 튀기면 완성이다.

"좋아, 다 완성했다."

이걸 그릇에 담아서 모두가 있는 곳으로…….

"다들 얌전히 기다릴 수가 없었던 거구나."

내 등 뒤에는 먹보 콰르텟 + 먹보 엘프가 모여 있었다.

『이것저것 많이 만들더군. 얼른 내놔라.』

『나도 어서 먹고 싶네.』

『나도 배고파~. 빨리 좀 먹자~.』

『스이도 물고기 빨리 먹고 싶어~.』

"나도 먹고 싶어."

배가 고픈 나머지 당장에라도 침을 흘릴 것 같은 면면들을 보고 쓴웃음을 지으며, 가우디노 씨와 기디온 씨, 시그발드 씨도 불러서 부랴부랴 방금 만든 메뉴 다섯 개를 꺼내서 내주었다.

먹보 콰르텟과 먹보 엘프가 우걱우걱 먹기 시작했다.

『고기는 아니지만, 나쁘지 않군. 특히 이게 마음에 든다. 더 내놔라.』

페르가 그런 소리를 하며 우걱우걱 먹더니, 타이런트 소드피시 갈릭 버터 간장 소테와 타츠타아게가 들어 있던 그릇을 앞발로 내밀었다.

『나는 이게 가장 마음에 드는군그래. 역시 튀김은 맛있다니까. 다음은 이걸로 주시게.』

곤 옹은 타츠타아게가 특히 마음에 든 모양이다.

튀김은 역시 누구에게나 인기가 있다니까.

2등은 의외로 마리네였다.

곤 옹의 말에 따르면『튀김을 먹은 후에 먹으면 산뜻해서 좋구먼』이란다.

『전부 맛있지만 나도 1등은 역시 튀김이려나. 생선으로 튀김을 해도 맛있네.』

드라 짱도 역시 타츠타아게가 제일 마음에 든 모양이다.

예상한 대로이기는 하지만, 타츠타아게의 인기가 대단하네.

『스이도 이거 좋아~! 그리고, 이것도, 이것도, 이것도, 이것도~!』

"아니, 전부 다잖니."

『응! 전부 다 맛있어~ 주인~.』

"그래그래. 다행이다."

"나는 이거랑 이게 좋아. 하얀 알갱이랑 같이 먹으면 최고야. 한 그릇 더."

페오도라 씨는 그쪽에 껴서 말씀하시네.

페르와 곤 옹의 목소리밖에 안 들릴 텐데 드라 짱, 스이랑 이야기하다 빈 타이밍에 끼어들다니.

이럴 때는 분위기 파악을 잘 하네, 무서운 아이 같으니.

아무튼, 쌀밥과 잘 맞는 데리야키와 갈릭 버터 간장 소테를 고를 줄이야.

뭘 좀 아시네.

게다가 은근슬쩍 추가 주문을 하는 것도 먹보 엘프인 페오도라 씨다웠다.

모두가 마음에 든다면서 추가 주문한 음식을 내주며 마는 타이런트 소드피시 데리야키와 함께 쌀밥을 욱여넣었다.

그리고 내일은 쉬기로 했다는 핑계로 타츠타아게를 안주 삼아 맥주도 한잔하기로 했다.

'아크' 멤버들의 앞이라 맥주는 네이호프에서 산 자동 냉각 컵에 따라두었다.

이건 별로 안 썼지만 차가운 게 계속 유지돼서 좋네.

참고로 내일은 휴일이라 가우디노 씨와 기디온 씨, 시그발드 씨에게도 피처잔에 맥주를 따라서 도기 컵과 함께 건넸더니 타이런트 소드피시 요리들을 안주 삼아 셋이서 술판을 벌이고 있었다.

취기가 돌기 시작했는지 "난 절대 안 죽어~!" "나도~!" "다 같이 살아서 돌아가세~!"라고 소리를 지르고 있는데, 이럴 땐 어른스럽게 못 들은 척하는 게 좋겠지.

하지만 술을 마실 줄 아는 듯한 곤 옹에게도 "마실래?"라고 권했더니 "오늘은 관두겠네"라면서 거절했다.

말하는 걸 들어보면 술을 싫어하는 건 아닌 듯한데, 이유가 뭘까.
뭐, 오늘은 마실 기분이 아닌 것뿐일지도 모르지만.
그보다 내일은 휴일이다!
느긋하게 낮잠이라도 잘까?
후후, 기대된다~.

아침 식사를 마치고서 한숨을 돌렸다.

참고로 아침 식사는 앞서 선언했던 대로 비축 식량으로 때웠다.

먹보 콰르텟은 당연히 고기를 주문해서 아침부터 생강구이 덮밥을 와구와구 먹어댔다.

나와 '아크' 멤버들은 배추와 표고버섯을 넣은 된장국과 미역을 섞은 밥으로 만든 주먹밥, 거기에 맛국물 계란말이와 오이 절임을 곁들인 일본풍 메뉴로 아침 식사를 했다.

페오도라 씨는 어쩐지 그 담백한 메뉴가 허전하다고 느끼는 듯하기에 생강구이 덮밥을 내어줬더니 좋아라 하며 아구아구 먹기 시작했지만.

카레리나에서 시간이 날 때마다 틈틈이 만들어서 아이템 박스에 넣어둔 나 자신을 칭찬해 주고 싶네.

그런고로 느긋하게 식후 휴식 중이다.

오늘은 휴일이라 딱히 할 일도 없으니까.

먹보 콰르텟과 '아크' 멤버들에게는 아침 식사 후이기도 하니 일단 무난하게 100% 오렌지 주스를 내주었다.

나는 아이템 박스에서 도기 컵을 꺼냈다.

이럴 땐 투명한 유리컵을 쓰고 싶지만, '아크' 사람들도 있으니까.

얼음이 달그락 소리를 냄과 동시에 커피향이 코를 간질였다.

이렇게 날씨가 무더우면 커피 애호가로서 당연히 아이스커피를 마셔 줘야지, 라는 생각으로 인터넷 슈퍼에서 살짝 비싼 커피 가루를 사서 어제 만들어뒀더랬다.

내가 고른 것은 아이스커피를 만드는 데 써도 아주 좋다고 소개되어 있던 킬리만자로 블렌딩 커피다.

향을 망치지 않기 위해 그 킬리만자로 블렌딩 커피 가루를 평소의 두 배로 써서 진하게 내려서, 얼음이 든 용기에 넣어 급속 냉각했다.

이렇게 하면 향을 그대로 유지한 채 아이스커피를 즐길 수 있다.

만들어둔 아이스커피를 아이템 박스에 넣어두면 갓 내렸을 때의 향을 유지한 아이스커피를 즐길 수 있는 것이다.

"음? 무코다 씨, 그 음료는?"

가우디노 씨가 그렇게 물었다.

눈치도 빠르네.

"이거요? 제 고향의 음료인데, 향이 좋거든요. 씁쓸하긴 하지만요."

이대로 마시면 말이야.

나는 생각해 뒀던 대로 술술 설명해 보였다.

거짓말은 안 했다고.

새로운 음료를 보고 눈을 빛내며 관심을 보이던 페오도라 씨는 '쓰다'는 말을 듣더니 순식간에 관심을 잃은 듯했다.

그 모습을 보고 쓴웃음을 지으며 가우디노 씨에게 "마셔 보실래요?"라고 묻자 "관두지"라면서 거절했다.

컵 안을 들여다보더니 "색이 좀……"이라는 말도 곁들였다.

새까만 색이라 도저히 마실 수 있을 것처럼 보이지가 않았나 보다.
커피니 당연히 새까맣지.
물어봐 놓고 그렇게 식겁한 표정 짓지 말라고.
커피는 원래 이런 음료니까.
"향이 좋은 음료로 말하자면, 홍차 정도는 어느 정도 즐기고 있지만."
가우디노 씨가 그렇게 말하자 기디온 씨와 시그발드 씨가 꼬투리를 잡았다.
"그렇단 말이지~. 리더는 가는 곳곳에서 틈만 나면 홍차를 모으고 다닌단 말이야~."
"음. 자고로 남자라면 그런 것보다 술을 마셔야지 싶네만."
가우디노 씨가 트집을 잡아대는 두 사람에게 "시끄러워. 남의 취향에 트집 잡지 말라고"라고 항의했다.
의외라고 말하면 실례일 것 같지만, 가우디노 씨는 홍차를 좋아하는 모양이다.
근데 홍차라면…….
"홍차도 있습니다. 차가운 홍차는 향이 옅지만 산뜻한 쓴맛이 나고 목으로 넘길 때 상쾌한 느낌을 줘서 꽤 괜찮거든요."
최근에는 홍차도 즐기게 된 지라 나는 아이스티를 준비하는 것도 게을리하지 않았다.
인터넷 슈퍼에서 고른 홍차는 무난한 얼그레이다.
역시 아이스티는 상쾌한 목 넘김이 중요하니까.
따뜻하게 데운 티 포트에 얼그레이 홍차를 평소의 두 배로 넣고, 끓는 물을 따르고서 뚜껑을 닫고 우려낸 후, 거름망으로 거르면서 얼음이 든 용기에 따라 급속 냉각한다.

"오오, 홍차도 있었군. 맛 좀 볼 수 있을까."

홍차란 말에 가우디노 씨가 갑자기 관심을 보이기 시작했다.

그리고 아이스티가 든 도기 컵을 내밀자 곧장 꿀꺽 마셨다.

"확실히 향은 약하군. 하지만 좋은 향이야. 목 넘김도 무코다 씨의 말대로 산뜻하고 상쾌해. 무엇보다도 이렇게 더울 때 벌컥벌컥 마실 수 있다는 게 좋은걸."

"그렇죠? 뜨거운 것도 나쁘지 않지만 역시 이런 날씨에는 차가운 게 더 맛있으니까요."

"그렇지. 뭐, 얼음을 이렇게 잔뜩 사용한 사치스러운 음료를 마실 기회가 그렇게 흔하지는 않지만."

가우디노 씨의 말을 듣고서야 아~ 듣고 보니 또 그러네, 라는 생각이 들었다.

우리야 페르가 있어서 얼음은 마음껏 쓸 수 있지만, 일반적으로는 얼음 마법을 쓸 줄 아는 사람이나 마도 냉장고가 없으면 무리니까.

얼음 마법을 쓸 줄 아는 사람이 있어도 얼리기 위한 물은 준비해야 한다고 들었던 것 같고.

좌우간 물 마법으로 만든 물은 보통 마실 수 없다고들 하니까.

아무튼 우리는 얼음을 마음껏 쓸 수 있어서 다행이야.

그런 생각을 하며 나는 아이스커피를 마셨다.

『어이.』

아이스커피를 마시며 느긋하게 쉬던 중, 페르가 말을 걸어왔다.
"응~?"
『우리는 사냥하러 간다.』
"사냥~? 무슨 소리야, 오늘은 휴일이잖아~."
『너는 딱히 안 와도 된다.』
"나는 안 가도 된다니, 그럼 페르랑 곤 옹이랑 드라 짱이랑 스이만 가려고?"
『그래.』
"그래, 라니 방어는 어쩌고? 요전의 베히모스 때와 같은 일을 또 겪기는 싫다고."
통칭 '우라노스'에서의 씁쓸한 추억이 머리를 스쳤다.
『그건, 우연이었다.』
"우연이라니~. 여기서도 그 우연이 일어나면 어쩔 거냐고~."
『이 주변에는 송사리밖에 없다! 그리고 결계도 치고 가마.』
"뭐어~?"
트라우마라는 건 꽤 오래 간다고.
『너를 중심으로 저기 보이는 나무까지 결계를 치지.』
저기 보이는 나무라면 15미터 거리 정도에 있는 야자수를 말하는 건가?
반경 15미터, 직경으로 치면 30미터인 돔형 결계인 셈인가.
『게다가 나와 곤 옹의 결계다. 이보다 든든한 방어는 없을 거다.』
"진짜 정말로 송사리밖에 없는 거지?"
『정말이다. 나는 거짓말은 안 한다.』

"어쩔 수 없지이. 알았어. 그래서, 점심때는 돌아오는 거지?"
『크, 점심밥이라. 그건 생각을 못 했군…….』
그렇게까지 침울해 할 일이야?
한두 끼 정도 굶는다고 어떻게 되는 것도 아닌데 말이야.
"아~ 그래그래, 도시락으로 먹을 걸 적당히 매직 백에 넣어서 줄 테니까 점심에는 그걸 먹어."
『뭣이?! 너치고는 제법 눈치가 빠르구나!』
먹기 편한 돈가스 샌드위치를 그릇에 옮겨 담은 걸, 추가 분량까지 챙겨줬다.
『그럼 다들, 가자!』
"잠깐 기다려! 결계는?"
『주공, 나도 페르도 이미 쳐두었네.』
『그럼 간다~! 이얏호, 기대된다~.』
『주인~ 다녀오겠습니다~!』
"다들 조심해~! 그리고 해 지기 전까지는 돌아오고~!"
먹보 콰르텟인 페르, 곤 옹, 드라 짱, 스이를 배웅했다.
"무코다 씨, 펜리르 님과 에인션트 드래곤님 일행은 어딜 가는 거야?"
기디온 씨가 내게 물었다.
"다 같이 사냥을 다녀오겠다면서 가버렸네요. 하지만 결계는 빈틈없이 쳐두고 갔으니 여긴 안전해요. 우리는 느긋하게 쉬기나 하죠."
"그래?"

그렇게 안심한 표정 짓지 마시라고요, 기디온 씨.

"그나저나 아까 베히모스라는 무시무시한 이름이 들린 것 같네만……."

시그발드 씨가 경직된 얼굴로 그렇게 말했다.

그걸 또 들으셨네.

하지만 뭐어…….

"이런저런 일이 있었거든요, 아주 많은 일들이."

그렇게 답하자 가우디노 씨와 기디온 씨까지 표정이 굳어져 버렸다.

왜들 저런담.

그 후, 아이스커피며 아이스티를 마시며 해변에 드러누워 느긋하게 시간을 보냈다.

오전에는.

점심시간이 되어 '아크' 멤버들과 돈가스 샌드위치로 점심을 먹었다.

가우디노 씨와 기디온 씨, 시그발드 씨에게는 맥주도 아주 조금 내주었다.

페오도라 씨는 돈가스 샌드위치가 마음에 들었는지 양손에 들고 와구와구 먹었더랬지.

점심식사 후에는 오전과 마찬가지로 해변에 누워 느긋하게 쉴까 했지만, 아이템 박스에 보존 중인 비축 식량이 눈에 띄게 줄어든 걸 확인하고 났더니 너무나도 신경이 쓰여서…….

결국 비축 식량용 요리를 하며 시간을 보냈다.

페오도라 씨가 마도 버너 앞에 진을 치고서 이쪽을…… 아니, 완성되는 요리를 응시하고 있어서 아주 질려버릴 뻔하긴 했다.

아주 조금씩 맛을 보여주면서 진행했더니 손은 대지 않기에 내버려 뒀지만.

오후에는 그런 식으로 정신없이 요리를 했다.

푹 쉬지는 못했지만 성격상 신경 쓰이는 게 있으면 가만둘 수가 없으니 어쩔 수 없지.

"그나저나 슬슬 돌아올 때가 됐는데 말이야. 기껏 녀석들이 좋아하는 카라아게를 만들었는데……."

도대체 사냥을 하러 어디까지 간 거람.

페르, 곤 옹, 드라 짱, 스이는 상륙한 모래사장의 반대쪽으로 가 있었다.

그곳은 모래사장이 아니라 울툭불툭한 바위가 툭 튀어나온 절벽이었다.

그 절벽에는 바닷물이 들이치는 동굴이 뻥 뚫려 있었다.

『크크크크, 이곳이로군.』

『음. 있구나.』

『페르랑 곤 옹이 말했던 게 이 동굴이야?』

『여기서 사냥하는 거야~?』

먹보 콰르텟인 페르, 곤 옹, 드라 짱, 스이는 동굴 앞에서 눈을 반짝반짝 빛냈다.

어제로 시간을 거슬러 올라가서——.

페르, 곤 옹, 드라 짱, 스이는 수군수군 이야기를 나누고 있었다.

『그래서, 쉬고 싶다는 저 녀석의 제안을 냉큼 받아들여서 잠깐 멈추기로 한 이유, 알려줄 거지?』

『음. 사냥을 하기 위해서다.』

『이봐라, 페르, 좀 더 자세히 설명을 해줘야 할 것 아니냐. 나 원. 내가 설명하마. 실은 말이다…….』

그렇게 운을 뗀 곤 옹이 드라 짱과 스이에게 설명해주었다.

곤 옹의 설명에 따르면 사냥이라고 말했지만 일반적인 짐승 계열 마물을 사냥하려는 게 아니라는 모양이다.

아닌 게 아니라 애초에 이 계층에 있는 것은 주로 바다 마물이고, 섬에도 짐승 계열 마물은 전혀 없다고 한다.

이건 페르와 곤 옹이 기척을 더듬어 확인한 것이라 틀림없는 사실이라는 듯했다.

그럼 이 섬에서 무엇을 사냥하려는 것인가 하면…….

『정확히 이 섬의 반대쪽에, 아주 높은 확률로 동굴이 있다. 그곳에서 묘한 기운이 느껴져서 말이다.』

『묘한 기운이라고?』

『음. 아마도 언데드일 게야.』

『언데드?!』

『뼈~!』

『맞다, 스이. 뼈도 있을 게야.』

『아니아니, '뼈도 있을 게야'라고 할 때냐고! 방금 이 계층에 있는 건 주로 바다 마물이라고 했잖아.』

『그랬지. 그러니 오히려 재미있을 것 같지 않으냐. 허나 주공에게 그런 소릴 한들…….』

『무조건 반대하겠지이. 아니, 그 녀석이라면 언데드랑 싸울 바에는 전진하는 게 나을 거라고 할 거야.』

『음. 신에게 받은 각인도 있으면서 말이지.』

『뭣이? 그런 것이 있었더냐?』

『그래. 에이블링 던전에 도전할 때 그 녀석이 받았다더군.』

『그 각인을 몸에 찍은 상태로 공격하면 언데드도 한 방에 끝장이라구.』

『퓻퓻해서 뼈를 잔~뜩 해치웠어~.』

『호오~ 주공은 그런 것을 가지고 있었나. 뭐어, 그래도 주공은 가겠다고 하지 않겠지. 함께 지낸 시간이 가장 짧은 나도 그건 알겠어.』

『아주 겁쟁이가 따로 없다는 말이지. 그 녀석.』

『드라여, 그렇게 된 게다. 게다가 말이다…….』

『그 동굴에, 그럭저럭 강한 녀석이 있다.』

마지막에 페르가 눈을 반짝 빛내며 사나운 얼굴로 그렇게 말했다.

먹보 콰르텟은 곧장 동굴에 들어갔다.

동굴 중앙을 바닷물이 가득 채우고 있는 가운데, 가장자리의 울퉁불퉁한 바위밭을 따라간다.

그러던 중에 바닷물로 가득한 수로처럼 되어 있는 중앙 부분에서 느닷없이 작은 배가 스윽, 하고 나타났다.

먹보 콰르텟이 작은 배를 바라보았다.

그리고…….

따닥따닥 소리와 함께 스켈레톤이 일어났다.

『아! 뼈다~! 에잇.』

퓻.

스이가 누구보다도 빨리 산탄을 쏘았지만…….

『어라~?』

스켈레톤은 쓰러지지 않고 이쪽으로 다가왔다.

스이의 산탄은 스켈레톤의 갈비뼈를 조금 녹이기는 했지만, 움직이는 데 지장을 줄 정도는 아닌 듯했다.

『스이, 이전처럼은 안 될 거다. 언데드란 것들은 끈질기니까. 해치울 거면 머리를 향해 산을 넉넉하게 날려라.』

『맞아. 이번에는 그 녀석이 각인을 찍어준 게 아니잖아.』

『그렇구나~ 알았어, 해볼게~. 에~잇.』

페르와 드라 짱의 조언에 따라 스이가 스켈레톤의 머리를 향해 큼지막한 산탄을 쏘았다.

퓻, 퓻.

처음 나타난 스켈레톤에 이어 일어난 두 번째 스켈레톤의 머리에 산탄이 명중했다.

두개골이 슈왁, 하고 녹기 시작하더니.

두개골을 잃은 스켈레톤은 와르르 무너졌다.

『해치웠다~!』

스이가 통통 뛰며 기뻐했다.

『그거다, 스이. 언데드는 끈질기지만 머리를 부수면 확실하게 처리할 수 있지.』

『음. 언데드는 확실하게 처치하지 않으면 부활하니 말이다.』

『귀찮지만 나타나는 언데드들의 머리를 확실하게 부수면서 가도록 하지.』

『크으~ 귀찮지만 그 방법밖에 없을 것 같네. 스이, 기합 팍 넣고 가자!』

『응.』

그 후, 동굴 안으로 들어갈수록 나타나는 스켈레톤의 숫자는 늘었고 배에서, 바위밭에서, 그야말로 온갖 곳에서 공격해 왔다.

그와 동시에 서서히 상위종인 스켈레톤 워리어며 스켈레톤 나이트, 스켈레톤 메이지까지 나타나기 시작했다.

하지만 먹보 콰르텟의 적수는 되지 않았다.

아닌 게 아니라 거의 드라 짱과 스이, 둘이서 처치하고 있었다.

양대 거두인 페르와 곤 옹은 의욕을 주체하지 못하고 앞서 나아가는 드라 짱과 스이의 뒤를 따라 유유히 걸어갔다.

먹보 콰르텟은 그렇듯 매우 무난하게 차근차근 동굴 안으로 전진했다.

그리고…….

『와아~.』

『꽤 탁 트인 장소가 나왔군.』

동굴 끝에는 탁 트인 돔 형태의 공간이 있었다.

흘러든 바닷물이 그곳에 고여서 비바람에도 영향을 받지 않는 천연 선착장처럼 생긴 장소를 만들어낸 것이다.

『흠, 배가 있군.』

『음. 저곳에서 기운이 느껴지는구나.』

배는 너덜너덜하고 선체도 썩어가고 있어 음산한 분위기를 풍기는 거대 목조선이 그곳에 떠 있었다.

『후하하하하하핫, 용케 이곳까지 왔구나!』

그 썩어가는 목조선의 갑판에, 낡기는 했지만 마치 해적 같은 옷과 모자를 쓴 유독 큰 스켈레톤이 불쑥 나타났다.

푹 꺼진 두개골의 눈구멍에 밝혀진 붉은 빛.

그것이 배 아래에 있던 페르, 곤 옹, 드라 짱, 스이를 바라보았다.

『…………엉?』

스켈레톤이 얼빠진 목소리를 흘렸다.

『흠. 스켈레톤 킹인가. 내가 상대해주지.』

페르가 스켈레톤 킹을 조준하며 사나운 미소를 지었다.

『간다.』

『자, 잠깐! 왜 펜리르가 여기 있는 거냐?!』

그런 질문은 들은 척도 않고 페르는 대뜸 발톱 참격을 날렸다.

『아~~~악!!!』
스켈레톤 킹은 반격할 틈도 없이 배와 함께 박살이 나버렸다.
『페르 아저씨, 치사해~!』
『맞아, 페르. 넌 꼭 치사하게 마지막에 가서 제일 좋은 걸 가로채 버리더라!』
『나도 조금은 싸우고 싶었는데 말이다.』
모두가 나무라자 페르는 거북해졌는지.
『더, 던전의 마물이니 다시 나타났을 때 쓰러뜨리면 되지 않으냐.』
그렇게 얼버무렸지만 그런다고 끝날 문제가 아니었다.
『언제 다시 나타나는데. 페르 넌 알아?』
『큭…….』
드라 짱의 추궁에 페르는 벌레 씹은 듯한 표정을 한 채 신음 소리를 흘렸다.
그러던 그때, 예상치 못한 곳에서 도움의 손길을 뻗어왔다.
『있지있지, 스이, 배고파~.』
『그, 그래, 그러냐. 좋아, 그 녀석이 준 밥을 먹으며 기다려 보는 건 어떠냐?』
페르는 신이 나서 스이의 말에 응하기로 했다.
『뭔~가 얼렁뚱땅 넘어가려는 것 같은 느낌이 들지만 뭐, 배도 고프니 그렇게 할까.』
『그 전에 보물 상자가 나온 듯하니, 회수해서 주공에게 선물로 가져다주자꾸나.』

◇ ◇ ◇ ◇ ◇

페르, 곤 옹, 드라 짱, 스이가 보물 상자 앞에서 집합했다.

『그럼, 연다.』

페르가 능숙하게 앞발로 보물 상자를 열자…….

푸슈~욱――.

거무튀튀한 연기가 뿜어져 나왔다.

『흥.』

페르는 바람 마법으로 강화한 콧숨으로 아주 쉽게 그 거무튀튀한 연기를 날려버렸다.

그리고 모두가 일제히 안을 들여다보았다.

『뭐야, 금화야?』

『주인이 갖고 있는 반짝반짝한 거랑 똑같아~.』

『흥, 꽝이로군.』

『스켈레톤 킹쯤 되면 리치와 버금가는 상위종일 터인데 말이다. 게다가 그 녀석은 사람의 말을 할 줄 알았으니 그럭저럭 고위 마물일 텐데, 그런 것치고는 형편없구나.』

반응이 처참하기 그지없었다.

커다란 보물 상자에 가득 든 금화는 물론 큰 재산이다.

평범한 모험가들이었다면 울고 불며 좋아했을 것이다.

아닌 게 아니라 사치만 부리지 않으면 평생 놀고먹을 수 있을 정도의 양이기 때문이다.

『뭐어, 그래도 일단은 회수해두도록 할까.』
그렇게 말하며 곤 옹이 맡아두고 있던 매직 백에 보물 상자를 집어넣었다.
『끄응, 할 일이 없군. 밥이나 먹으며 기다릴까.』
『그러도록 할끄나.』
『찬성!』
『밥~.』
만장일치로 점심식사를 하기로 했다.
페르, 곤 옹, 드라 짱, 스이는 챙겨준 점심거리를 매직 백에서 부랴부랴 꺼내기 시작했다.
그렇게 등장한 그릇에 수북이 담긴 돈가스 샌드위치를 보고 먹보 콰르텟은 눈을 반짝반짝 빛냈다.
돈가스 샌드위치는 모두가 좋아하는 음식이다.
모두가 곧장 입을 크게 벌려 베어 물었다.
『돈가스 샌드위치는 역시 맛있어~.』
『튀긴 고기를 빵 사이에 넣다니, 주공은 천재로구나.』
『맛있어~.』
소스가 잘 배어든 돈가스 샌드위치가 맛이 없을 리가 없다.
하지만 페르만은 코에 주름이 가도록 얼굴을 찌푸리고 있었다.
『나도 이건 싫지 않다. 하지만 녀석, 어째서 채소를 넣은 것이지?』
그릇에 담긴 돈가스 샌드위치의 절반에는 채 썬 채소가 듬뿍 들어 있었다.
채소를 먹이기 위한 고육지책인 것이리라.

『양배추가 든 것도 그렇게 나쁘지 않아. 아삭한 식감이 더해져서 맛있다고~.』

『음. 고기만 있는 것도 좋지만 드라의 말대로 이쪽도 맛있구나.』

『둘 다 맛있어~.』

드라 짱과 곤 옹과 스이는 양배추가 든 것도 OK인 모양이다.

『그럼 누가 이 채소가 든 것과 고기만 든 걸 바꿔다오.』

양배추가 든 돈가스 샌드위치를 싫어하는 게 자신뿐이라는 말을 들은 페르가 그런 소릴 했다.

하지만…….

『그거랑 이건 별개지.』

『음. 둘 다 맛있으니 말이야.』

『스이도 둘 다 먹고 싶으니까 싫어~.』

딱 잘라 거절하는 바람에 페르는 좌절했다.

그러고는 어쩔 수 없이 양배추가 든 돈가스 샌드위치를 먹기 시작했다.

그렇게 첫 번째 그릇을 낼름 비운 먹보 콰르텟이 추가로 두 번째 그릇에 돌입하려던 참에 이변이 발생했다.

부연 안개가 끼는가 싶더니, 그 안개 속에서 좀 전에 봤던 썩은 목조선이 나타난 것이다.

그리고…….

『부활!』

본래의 모습으로 되살아난 스켈레톤 킹이 썩어가는 목조선 갑판에 떡 버티고 있었다.

직후, 뻥 뚫린 두개골의 눈구멍에 밝혀진 붉은 빛이 배 아래에 있던 페르, 곤 옹, 드라 짱, 스이를 발견했다.

『켁~ 아직도 있네.』

상당히 강할 터인 스켈레톤 킹이 벌벌 떨기 시작했다.

『호오~ 얼마 지나지도 않았는데 다시 생성된 모양이로구먼.』

『아싸! 다음은 나, 나, 내 차례야!』

『에이~ 스이가 해치울래~!』

『잠깐잠깐, 이 녀석들. 이럴 땐 연공서열을 따져야 할 것 아니냐. 나이가 많은 나부터다. 뭐, 아무개는 그런 것도 생각지 않고 건방지게 제일 먼저 나서고 말았지만 말이지.』

『크르르르르, 누가 건방지다고?』

『뭐, 해치우는 건 둘째 치고 일단 밥부터 먹어야겠지만 말이다.』

『그야 당연하지.』

『그렇지~?』

『한 그릇 더~.』

그런 소리를 하며 여유롭게 식사를 계속하는 먹보 콰르텟의 모습에 스켈레톤 킹도 있는 대로 화가 난 듯했다.

『젠장, 나도 왕년에는 세상 사람들을 벌벌 떨게 했던 해적의 두목이란 말이다! 크라켄과의 격렬한 전투로 배와 함께 침몰해서 죽기는 했지만, 마물로 되살아나서 스켈레톤 킹까지 올라온 몸이시라 이거야!』

하지만 그런 스켈레톤 킹의 말은 돈가스 샌드위치에 정신이 팔려 있는 먹보 콰르텟의 귀에는 전혀 들어가지 않았다.

하지만 이 스켈레톤 킹은 해적 출신답게 비겁한 수법도 능숙하게 사용했다.

자신을 거들떠보지도 않는 지금이 최대의 기회라고 생각해 쥙어지고 있던 대검을 잽싸게 내려친 것이다.

『죽어라~!!!』

마법인지 스킬인지, 한 번 휘둘렀을 뿐인데 수십 개의 참격이 날아들었다.

챙, 챙, 챙, 챙, 챙, 챙, 챙, 챙――.

모든 참격이 무언가에 부딪힌 듯 가로막혔다.

자신의 최대, 최고의 공격이 막히자 스켈레톤 킹은 놀라서 할 말을 잃고 말았다.

무방비 상태인 지금이라면, 상대가 펜리르건 드래곤이건 치명상이 될 만한 상처를 입힐 수 있을 거라고 스켈레톤 킹은 생각했지만…….

양대 거두가 펼친 너무도 튼튼한 결계가 스켈레톤 킹의 혼신의 힘을 다한 공격을 막아낸 것이다.

『우리의 식사 시간을 방해하다니, 만 번 죽어 마땅하다.』

『그렇고말고.』

『죽어서 죗값을 치르라고.』

『밥 먹는 거 방해하는 뼈는 미워~.』

『조금 이르지만 어디, 내가 상대해주마. 이렇게까지 할 생각은 없었지만 벌이다. 받거라.』

곤 옹의 입에서 빛이 번뜩이더니 넘칠 듯한 빛을 동반한 곤 옹의 드래곤 브레스가 방출되었다.

『또냐———!!!』

스켈레톤 킹은 반격할 새도 없이 배와 함께 빛 속으로 사라졌다.

돈가스 샌드위치를 실컷 만끽한 후에 회수한 보물 상자 안에는 굵직한 푸른 사파이어가 자루의 중앙에 장식되었으며 다이아몬드 등의 보석이 그 주변을 가득 메우고 있고, 칼집에도 보석이 빼곡하게 박힌 호사스럽기 그지없다는 표현이 걸맞을 듯한 단검 한 자루가 들어 있었다.

『이거, 검이지? 쓸 수는 있는 거야?』

『마검도 아닌 검은 꽝 아니냐.』

『뭐어, 그런 소리 말거라. 보석 정도는 가치가 있을 터이니.』

『스이가 만든 게 더 예뻐~.』

평범한 모험가들에게는 이것만으로 평생 놀고먹을 수 있는 재산이 되었겠지만, 먹보 콰르텟의 반응은 이번에도 가차 없었다.

하지만 일단 회수는 해두었다.

그리고 먹보 콰르텟은 낮잠을 자가며 다시 한 시간을 기다렸다.

『흠, 나타난 것 같군.』

페르가 하품을 하며 그렇게 중얼거렸다.

『있구나. 숨어서 이쪽을 훔쳐보고 있는 듯하지만.』

곤 옹도 기운을 감지한 모양이다.

스켈레톤 킹은 부활하자마자 양대 거두에게 그 사실을 간파당했다.

『좋았어! 다음은 내 차례지?! 간다앗.』

푸슉, 푸슉, 푸슉, 푸슉푸슉푸슉푸슉푸슉───.

드라 짱의 얼음 마법이 작렬했다.

날카로운 얼음 기둥이 차례로 스켈레톤 킹과 썩어가는 목조선을 꿰뚫었다.

『왜 이렇게 되는 건데~~~!』

이번에도 스켈레톤 킹은 반격할 새도 없이 배와 함께 바다에 가라앉았다.

그리고 머지않아 나타난 보물 상자 안에는…….

『하나, 둘, 셋…… 보석이 열 개 들어있구먼. 이건 다이아몬드일 것이야.』

『체엣~ 달랑 이것뿐이야~?』

『어쩐지 이곳의 보물 상자는 죄다 꽝인 것 같군.』

『이것보다는 고기가 훨씬 좋은데~.』

이번에도 가차 없는 반응이 이어졌다.

10캐럿도 더 될 듯한 굵직한 다이아몬드 열 개면 값어치가 상당할 텐데도.

불평을 하기는 했지만 당연히 이것도 일단은 회수했다.

그리고 먹보 콰르텟은 또다시 한 시간을 기다렸다.

『오오, 나타난 것 같구나.』

『좋아, 스이 차례야.』

『네~에! 간다~ 에잇!』

퓻, 퓻, 퓻, 퓻, 퓻, 퓻, 퓻───.

썩어가는 목조선에 스이가 발사한 큼지막한 산탄이 쏟아졌다.

『그만 좀 나가라 너희들~!』

이번에도 스켈레톤 킹은 반격할 새도 없이 배와 함께 녹아버렸다.

그리고 정기 행사처럼 보물 상자 안을 들여다보니…….

『뭐야, 이거~?』

『붉은 돌? 보석인가?』

『아니, 아닌 것 같다. 감정해 보니 '현자의 돌'이라고 뜨는군.』

『'현자의 돌'이라, 들어본 적이 있는 듯한데……. 으~음, 바로는 기억이 안 나는구나. 그보다 그 돌 아래에 뭔가 종이가 있는 것 같은데.』

곤 옹이 날카로운 발톱으로 그 종이를 푹 찍어서 꺼냈다.

『어디 보자……. 오오, 이건 요전에 르바노프교인가 하는 괘씸한 녀석들을 혼내준 일에 대한 데미우르고스 님의 보수라는 모양이구나. 이 '현자의 돌'을 사용하면 평범한 철을 미스릴이나 오리할콘, 히히이로카네*로 바꿀 수 있다는군그래.』

『호오~. 신이 내리신 물건은 역시 다르군. 히히이로카네는 나조차도 몇 번 밖에 못 봤을 정도인데.』

『뭐~? 왜 스이가 해치웠을 때 그렇게 좋아 보이는 게 나오는 건데~.』

『와~아.』

신이 하사한 '현자의 돌'.

페르, 곤 옹, 드라 짱, 스이는 단순히 '좋은 것'쯤으로만 생각했지만, 세상에 나타나면 상대를 죽여서라도, 가진 상대가 나라라

※ 고대 일본의 전설(위서)에 등장하는 금속, 혹은 합금.

면 전쟁을 해서라도 빼앗고 싶어 할 물건이다.

하지만 먹보 콰르텟은 식욕을 채우는 것이 무엇보다도 우선인지라, 결국 인간 세계에서의 가치는 아무래도 좋았다.

『그럼 돌아가도록 할까. 좀 더 싸울 맛이 있을 줄 알았더니만…….』

『우리가 지나치게 강한 것이겠지. 뭐, 이럴 때일수록 주공이 만든 맛있는 밥이라도 먹고 기분을 풀자꾸나.』

『그래. 그러자. 빨리 돌아가서 맛있는 밥이나 먹자고!』

『주인이 만든 밥~!』

◇ ◇ ◇ ◇ ◇

먹보 콰르텟인 페르, 곤 옹, 드라 짱, 스이가 드디어 돌아왔다.

그 이름에 걸맞게 다들 오자마자 한 말은 『배고파』였다.

쓴웃음을 지으며 곧바로 저녁 식사를 했다.

그리고 모두가 좋아하는 카라아게를 먹으며 오늘 사냥에 관한 이야기를 꺼냈다.

"그래서 오늘은 뭘 잡아 왔어?"

내가 페르 일행에게 묻자 '아크' 멤버들도 궁금한지 귀를 기울였다.

『뭐, 뭐어, 이곳에서 반대쪽에 있는 동굴에 잠시 다녀왔다.』

『그, 그렇다네.』

으응?

페르도 곤 옹도 말을 제대로 안 하는 데다 뭔~가 어색하네에.

이럴 때는 솔직한 스이 짱한테 물어보도록 할까.

"헤에~ 섬 반대쪽까지 갔었구나. 그래서 스이야, 뭘 잡았니? 좀 알려줘~."

『있잖아~ 뼈 잡았어~!』

스이가 카라아게를 체내로 흡수하며 솔직하게 답했다.

그 모습을 스이의 옆에서 본 드라 짱이 앞발을 머리에 얹으며 아차~ 라고 말하는 듯한 시늉을 해보였다.

"뼈?"

『응, 뼈~.』

…………….

"뼈라면, 스켈레톤 말인가?"

기디온 씨가 수군거리는 소리가 들려왔다.

스이의 염화는 안 들릴 테지만 내가 말한 '뼈'라는 단어를 통해 연상해낸 모양이다.

그렇게 해석해야겠지~?

뼈로 된 마물하면 역시 스켈레톤이니까.

"페르, 곤 옹, 이게 어떻게 된 일일까?"

적어도 페르와 곤 옹은 언데드가 있다는 걸 알고 갔을 것 아냐.

나는 영락없이 녀석들이 고기를 드롭할 듯한 짐승 계열 마물을 잡으러 갔을 줄 알았는데.

대체 어떻게 된 일일까아~.

페르와 곤 옹은 내 시선을 피하며 하염없이 카라아게를 계속 먹어댔다.

말하지 않겠다면 비장의 수를 쓰는 수밖에.

"내일 밥은 뭘로 할까아~. 앨번한테 받은 채소도 잔뜩 있겠다, 고기는 조금만, 채소는 듬뿍 넣은 볶음 같은 것도 괜찮을 것 같은데에~."

『어, 어이! 그건 비겁하지 않으냐!』

『맞네! 그건 너무 잔인한 처우가 아닌가, 주공!』

"무슨 소릴 하는 거야~. 어디가 비겁하고 잔인한 처우라는 건데~. 나는 그냥 내일 메뉴는 어떻게 할까~ 생각하고 있었던 것뿐이거든~?"

시치미를 떼며 그런 식으로 대꾸하자 페르와 곤 옹은 떨떠름한 표정을 지었다.

"진짜로 내일 메뉴는 뭘로 할까아~. 아, 그래! 말 나온 김에 고기는 빼고 채소만 먹는 것도 괜찮겠다~."

『크윽.』

『흐윽.』

'고기는 빼고 채소만'이라는 내 말에 페르와 곤 옹이 신음 소리를 흘렸다.

그리고 채소만 있는 메뉴만큼은 죽어도 먹기 싫었는지 양대 거두는 그제야 사실대로 털어놓았다.

"아니, 무슨 소린지는 알겠는데, 그러면 그렇다고 말을 하지 그랬어."

『글쎄, 좀 전에도 말했을 텐데. 너한테 말해봐야 보나마나 '간다'고는 하지 않았을 거라고.』

"아니 뭐, 그야 그렇지만."

당연하잖아.

뭐가 좋다고 언데드가 있는 장소를 찾아가.

『그래서 주공이 '휴식이 필요하다'고 말했을 때, 그에 동의했던 것일세.』

"내가 쉬는 동안 너희끼리 다녀올 속셈이었다, 이거지?"

『아니 뭐, 틀린 말은 아니네만.』

뭐가 '틀린 말은 아니다'라는 거야.

처음부터 나한테는 비밀로 하고 다녀올 생각이었단 소리잖아.

"페르랑 곤 옹, 드라 짱은 걱정 안 해도 되겠지만 스이는 아직 어리다고. 너무 위험한 곳에는 데려가지 마!"

『흥. 스이에게 위험한 곳 같은 게 어디 있다고. 실력은 내가 보장한다. 너도 스이가 싸우는 모습은 몇 번이고 보았을 텐데.』

『음. 나도 이렇게 강한 슬라임은 처음 봤네. 스이가 당할 일은 그리 흔치 않을 것이야.』

『말이 나와서 말인데, 넌 스이에 대한 걱정이 너무 지나치다고~.』

스이가 강하다는 거야 알지.

얼마나 오랫동안 함께 있었는데.

걱정이 지나치다는 것도 알고는 있어.

하지만…….

『주인~ 카라아게 맛있어~.』

스이가 한껏 신이 나서 카라아게를 먹고 있다.

"스이~."

그 천진난만한 모습에 나는 무심결에 스이를 들어 올려 꼭 끌어안았다.

역시 안 돼!

걱정된다고!

"이렇게 귀여운 스이한테 무슨 일이 생길지도 모른다고 생각하면, 저절로 걱정이 된다고!"

그런 소리를 하며 나는 탱글탱글한 스이에게 뺨을 비볐다.

『우후후. 주인~ 간지러워어.』

"우후후, 간지럽다고오? 그러면 더 간지럽혀야지이. 에잇에잇."

꽁냥대는 나와 스이의 모습을 보더니 페르와 곤 옹, 드라 짱이 어째서인지 한숨을 내쉬었다.

『팔불출 같으니.』

『팔불출이로구먼.』

『팔불출도 저 정도면 중증이네.』

흥, 팔불출이면 어때.

팔불출인 게 뭐가 잘못인데.

『흥, 뭐 됐다. 선물을 가져왔다.』

"선물?"

『음. 보물 상자가 나왔네. 주공에게 드리려고 일단 가져오기는 했다네. 네 개 정도 되었어.』

『여기, 이 안에 들었어.』

드라 짱이 매직 백을 건넸다.

녀석들이 사냥을 떠난다기에 오늘 아침에 들려줬던 거다.

안에 든 것을 꺼내보니…….

"영차아."

처음에 나온 보물 상자 안에는, 금화가 상자에서 흘러넘칠 만큼 가득 들어 있었다.

"오오."

"끝내준다……."

"저렇게 많은 금화는 구경하기도 쉽지 않은데 말이야."

"눈부셔……."

주목하고 있던 '아크' 멤버들이 그런 소리를 늘어놓았다.

저렇게 놀랄 일인가?

던전에서 나오는 보물 상자에 금화가 들어있는 경우는 꽤 흔하잖아.

아닌 게 아니라 지금까지도 이런 보물 상자가 제법 나와서 던전산 금화는 내 아이템 박스에 잔뜩 있기도 하고.

두 번째 보물 상자를 꺼낸다.

그 안에 든 것은…….

"단검인가."

보석이 덕지덕지 장식된 단검이 나왔다.

이건 실사용을 위한 거라기보다는 장식용이네.

"꿀꺽. 엄청난걸……."
"보라고, 보석이 저렇게나 커……."
"그야말로 호사스럽기 그지없는 단검이로구먼……."
"저거, 미스릴이야……."
이건 보기에는 화려하지만 아마 써먹을 데가 없을 텐데.
그도 그럴 게, 자루에도 이런 보석이 붙어 있으면 잡기 힘든 데다 꽉 쥐면 아플 것 같잖아.
날은 미스릴제 같지만 이걸 어디에 쓰라고.
이건 거래 때 매물로 내놔야 하려나.
다음, 세 번째 보물 상자다.
안에는…….
"다이아몬드인가?"
굵직한 다이아모드가 열 개 정도 들어있었다.
이것도 매물로 내놔야겠네.
"다이아몬드……."
"저렇게 굵은 것도 있기는 했구나……."
"다이아몬드는 인기가 많은 보석이지. 서로 사 가려고 안달일 게야."
"반짝반짝……."
'아크' 멤버들이 부럽다는 듯이 쳐다보고 있다.
"그나저나 전부 다 엄청난 보물이로구먼."
"그러게. 어떤 놈을 쓰러뜨렸기에 저런 게 나온 걸까."
"나도 그 생각했어. 무진장 궁금하네."

시그발드 씨, 가우디노 씨, 기디온 씨가 보물 상자를 응시하며 그런 소리를 주고받았다.
페오도라 씨도 궁금한지 연신 고개를 끄덕이고 있네.
『흠, 이걸 드롭한 상대 말이냐? 스켈레톤 킹이었다.』
'아크' 멤버들의 이야기를 듣고 있던 페르가 그렇게 답했다.
『음. 사람의 말을 알아들은 데다 대꾸도 하기에 조금은 실력이 있을 줄 알았건만, 별것 아니더구나.』
페르에 이어 곤 옹이 그렇게 말했다.
아니, 사람의 말을 알아듣고 대꾸하는 마물?
별것 아니었다고 하지만, 사실은 좀 위험한 녀석이었던 것 아냐?
『응, 말하는 뼈를 해치우고 왔어~.』
『모두 한 번씩 싸웠는데, 다들 한 방에 쓰러뜨렸다고~.』
드라 짱 말로는 다들 한 방에 쓰러뜨렸다는 모양인데, 정말 별것 아니었던 건가?
잘 모르겠네.
"아니아니아니, 스켈레톤 킹은 리치와 나란히 언데드 최고봉이라 불리는 S랭크 마물이라고."
"스켈레톤 킹이라는 말이 나와서 말이지만, 예전에 만에 이르는 군대가 토벌에 나섰지만 전멸했다는 일화가 남아있었지."
"스켈레톤 킹 같은 것과 싸워서 살아 돌아오는 모습은 상상도 안 되는구먼."
"스켈레톤 킹……."
스켈레톤 킹이라는 말을 듣더니 '아크' 멤버들은 눈이 휘둥그레졌다.

네에, 별것 아닌 게 아니었습니다.

S랭크의 좀 위험한 마물이었습니다.

아니, 그걸 한 방에 쓰러뜨린 먹보 콰르텟이 더 위험한 것 아닐까……?

그쪽으론 생각하지 말자, 응.

다음으로 넘어갈까.

마지막으로 네 번째 보물 상자.

내용물은…….

"응? 뭐지, 이 빨간 돌은……?"

『그건 말이네, 요전의 일로 데미우르고스 님께서 나와 페르에게 내리신 보수라는 모양이네.』

"요전 일로 데미우르고스 님이 내리신 보수? ……………아아!"

르바노프교에 관한 일 말이구나~.

데미우르고스 님도 참 착실하시단 말이지.

『'현자의 돌'이라더군.』

"현자의 돌?"

『음. 이 '현자의 돌'을 사용하면 평범한 철을 미스릴이나 오리할콘, 히히이로카네로 바꿀 수 있다는 모양이다.』

…………뭐?

페르 씨, 방금 별 것 아니라는 듯이 말했는데 엄청난 발언 아니었나요?

마른침을 꿀꺽 삼키며 쭈뼛거리며 '현자의 돌'이라는 것을 감정해 보았다.

【현자의 돌】
연금술사들이 추구한 지고(至高)의 물질이자 전설의 돌. 이 돌을 촉매로 철에 마력을 흘려보내면 그 마력량에 따라 철이 미스릴, 오리할콘, 히히이로카네로 변화한다.

"……뭐엇?!"
지, 진짜네.
철을 미스릴, 오리할콘, 히히이로카네로 변화시킬 수 있다니…….
확인하고 났더니 무진장 신경 쓰이는 게 있는데.
"미스릴은, 소량이긴 해도 유통되고 있지?"
나도 어디서 발견한 미스릴로 스이가 만들어준 검과 창을 가지고 있는 데다 고랭크 모험가 중에서도 가지고 다니는 이가 있었다.
하지만 말이야…….
"오리할콘이나 히히이로카네도, 그랬던가?"
들어본 적이 없는데.
그에 대한 답은 시그발드 씨가 해주었다.
"오리할콘과 히히이로카네도 과거에는 현존했다는 기록이 있네. 다만 지금은 없어. 아주 먼 옛날에 제련 방법도 가공 방법도 소실된 전설의 금속이라 일컬어지고 있지. 하지만 말이야, 드워프 대장장이들 중에는 아직도 그걸 추구하고 있는 자가 많다고 들었네."

꿀꺽…….

"마, 만약에 말인데요, 오리할콘이나 히히이로카네의 실물이 나돈다면 어떻게 될까요?"

"……피를 보게 되겠지."

히엑~.

저기요~ 데미우르고스 님, 이런 건 필요 없다니까요!

왜 '현자의 돌' 같은 걸 떠넘기는 건데요!

이건 상이 아니라 벌이잖아요오오오.

이런 걸 세상에 어떻게 내놓으라고!

아이템 박스에 영구 보존할 수밖에 없잖아!

가만, 그도 그렇지만.

'현자의 돌'은 보통 위험한 게 아닌데, '아크' 멤버들한테 다 들켜버렸잖아.

이, 일단 진지하게 부탁해보는 수밖에.

"저, 저기, 이건, 못 본 걸로 해주실 수 없을까요. 이, 이런 물건은, 보물 상자에서 나오지 않았고, 애초부터 존재하지 않았던 거예요. 제발, 부디, 이렇게 부탁드립니다!"

나는 엎드려 절이라도 할 기세로 고개를 숙였다.

그리고 '아크' 멤버들은 그런 나의 부탁에 파랗게 질린 얼굴로 고개를 끄덕여주었다.

"하아, 난 아무것도 못 봤어, 못 봤다고."

"후하하, 그래. '현자의 돌'인지 뭔지, 난 하나도 모른다고."

"그런 성가신 물건, 나는 모르네. 모른다면 모르는 거야."

"아무 일도 없었어. 난 아무것도 못 봤어."

가우디노 씨, 기디온 씨, 시그발드 씨, 페오도라 씨…….

미안, 정말 미안해요.

데미우르고스 님의 무심함이 낳은 비극적인 사건이었다고요.

제 입장도 좀 생각 좀 해주세요, 데미우르고스 님~.

사소한 사고?는 있었지만 섬을 뒤로 한 우리 일행은 다시 바다로 나아갔다.

우리를 태운 거대한 스이가 순조롭게 전진했다.

도중에 케토스가 습격해 왔지만 한 번 싸워본 상대이다 보니.

'아크' 멤버들이 본때를 보여주겠다는 듯이 마구 쓰러뜨렸다.

드롭 아이템도 스이에게 부탁해서 남김없이 회수했고.

역시 A랭크 모험가답게 빈틈이 없다는 생각이 들어서 감탄했다고.

하지만 드롭 아이템인 케토스의 가죽이 너무 많은 나머지 페오도라 씨의 아이템 박스에 들어가지 않게 되었는지 '아쉽지만 버리는 수밖에 없겠어'라고 하기에, 내가 나서서 내 아이템 박스에 수납해주었다.

이번에는 함께 던전을 공략 중인 동료니까.

그렇게 망망대해를 나아가고 있었는데, 이 해역(海域)에는 상어가 많은지 종종 나타났다.

4, 5미터급 상어(이것도 일단은 마물이라는 모양)가 우리 주변을 어슬렁거리더라고.

처음에는 겁을 먹었지만 심심해하던 스이가 신이 나서 촉수로 푹 찔러서 사냥해대는 바람에 점차 '또 나왔냐'라는 생각만 들기 시작했다.

다가오면 스이의 사냥감이 될 뿐인데 상어가 계속해서 나타나서 드롭 아이템인 상어의 가죽과 살코기가 잔뜩 손에 들어왔다.

상어 가죽은 써먹을 데가 강판밖에 안 떠오른다. 모험가 길드에서 이 많은 상어 가죽을 매입해줘야 할 텐데.

상어의 살코기는 페르 일행이 먹을지 어떨지 모르겠지만, 튀김이나 타츠타아게, 저며서 어묵 튀김으로 만들어 술안주 삼으면 좋을 것 같아서 챙겨둘까 생각 중이다.

뭐, 그건 둘째 치고 지금은 일단 평화롭게 바다를 전진하고 있는 중이었다.

4, 5미터급 상어들한테 포위된 상태가 지속되고 있기는 하지만~.

“오, 상어가 없어졌네.”

『응, 없어졌어~.』

『크크크, 이제 내가 나설 때가 됐군.』

『나도 힘 좀 써볼까.』

페르와 곤 옹이 의욕을 내비치고 있다.

불길한 예감이 드는데.

“저기, 이번엔 뭐가 나오기에 페르랑 곤 옹이 나설 거라는 거야?”

『시 서펀트다.』

예감 적중.

『시 서펀트라고? 나도 싸울래!』

『스이도~!』

시 서펀트라는 말에 드라 짱과 스이도 갑자기 의욕을 내보였다.

아니, S랭크인 시 서펀트라는 말을 듣고 왜 우리 애들은 의욕을 불태우는 건지, 하하하…….

『나타났군.』

텀벙~. 물보라를 튀기며 시 서펀트가 모습을 드러냈다.

뱀처럼 길고 가는 몸통을 쳐들고 날카로운 이빨이 돋아난 입을 벌린 채 우리를 집어삼키고자 덤벼들었다.

"느닷없이 이러기야?! 누가 어떻게 좀 해 봐~!"

『귓가에 대고 소리치지 좀 마라. 흠.』

페르가 앞발을 휘두르자.

촤악――.

시 서펀트의 가늘고 긴 몸이 뭉텅 잘려 나갔다.

『아~! 페르 아저씨 치사해~! 맨날 먼저 해치워버려~!』

『맞아! 페르 넌 좀 자중하라고~.』

페르에게 선수를 빼앗긴 드라 짱과 스이가, 화가 나서 툴툴댔다.

『걱정 마라.』

『그래. 이 해역에는, 시 서펀트가 우글대는 듯하니 말이다.』

응?

곤 옹이 흘려들을 수 없는 말을 한 것 같은데.

"곤 옹, 시 서펀트가 우글댄다는 게 무슨 뜻이야?"

『무슨 뜻이긴, 말 그대로의 뜻이지.』

"말 그대로면, 잔뜩 있다고?"

『음.』

“저 시 서펀트가?”

『그렇다네.』

“뭐어어엇?! 그, 그럼 위험한 거잖아!”

근처에서 나와 곤 옹의 대화를 듣고 있던 ‘아크’ 멤버들도 놀란 나머지 할 말을 잃었다.

『자, 온 것 같네.』

텀~벙——.

텀~벙——.

텀~벙——.

텀~벙——.

텀~벙——.

텀~벙——.

“나왔다~!!!”

여섯 마리의 시 서펀트가 우리 주변을 에워싸듯 물보라를 튀기며 모습을 나타냈다.

『흠, 여섯 마리라니 딱 좋군. 각자 상대하도록 하지.』

『그러자꾸나.』

『좋았어!』

『아싸~!』

“자자자, 잠깐! 페르, 곤 옹, 드라 짱, 스이가 각각 한 마리씩 맡겠다는 건 알겠는데, 나머지 두 마리는?”

『너희가 해치우면 될 것 아니냐. 너도 레벨이 올랐으니 저 정도는 혼자서 쓰러뜨릴 수 있겠지.』
페르가 아주 당연하다는 투로 그런 소릴 했다.
"저걸, 혼자서? ……무리무리무리, 무리라고! 저런 거랑 무슨 수로 싸워!"
저걸 혼자 상대하라니, 넌 피도 눈물도 없냐!
『저 녀석들은 싸워볼 생각 같다만.』
뭐?
옆을 보니 '아크' 멤버들이 진지한 얼굴을 하고 있었다.
"여, 여러분?!"
어, 잠깐, 진짜로?
"이대로 가면 우리는 약하다는 인상만 주고 끝날 것 같으니까. 슬슬 우리도 분발해 봐야지."
그렇게 말하며 가우디노 씨가 페르, 곧 옹을 흘끔 쳐다보았다.
"그래, 맞아. 여기가 승부처라고!"
기디온 씨가 그렇게 말하며 자신의 자랑거리인 창을 콱 고쳐 쥐었다.
"게다가 시 서펀트를 이기면 관록이 붙을 것 아닌가. 겸사겸사 일확천금도 노려보고 말이야!"
시그발드 씨는 그렇게 말하더니 호쾌하게 크하하, 하고 웃었다.
"손주랑 같이 맛있는 걸 잔뜩 먹을 거야!"
전에 없이 기합이 들어간 얼굴로 페오도라 씨가 그렇게 말했다.
진심이잖아~!
자자잠깐, 다들 장난하는 거죠?!

『음. 말 잘했다. 너도 이 녀석들을 본받아서 조금은 분발해 봐라.』

"뭐어?! 조금은 분발하라니, 그 정도로 해결될 일이 아니잖아!"

『주공, 위험하다 싶으면 도움은 드리겠네.』

곤 옹이 앞발의 발톱으로 내 어깨를 토닥토닥 두드렸다.

"위험하다 싶으면이 아니라 처음부터 너희가 상대하면 될 일이잖아아~!"

『말도 많군. 자, 이제 온다.』

머리를 흔들며 이쪽을 주시하던 시 서펀트들이 일제히 공격해 왔다.

"망할~~~!"

페르 일행의 꿍꿍이대로 나는 참전할 수밖에 없게 되었다.

서둘러 아이템 박스에서 미스릴 창을 꺼내며…….

"파이어 볼이다, 망할!"

입을 벌린 채 나를 노리고 덤벼든 시 서펀트의 입을 향해 파이어 볼을 날렸다.

파이어 볼은 어찌어찌 시 서펀트의 입안에 명중했다.

하지만 치명상을 입힐 정도의 위력에는 한참 못 미치다 보니 시 서펀트는 조금 귀찮다는 표정을 지을 뿐이었다.

"키야아~."

이번에는 자기 차례라는 듯이 시 서펀트가 나를 덥썩 집어삼키려고 덤벼들었지만, 그걸 필사적으로 피했다.

"허억, 허억. 큰일 날 뻔했네~. 저런 걸 상대하는 건 무리라니까.

아니, 또?!"

피한 줄 알았더니 시 서펀트가 금방 다시 덤벼들었다.

그리고 나는 그걸 또 필사적으로 피한다.

그런 공방이 이어졌다.

"하악, 하악, 하악, 쿨럭, 쿨럭……. 위, 위험하다 싶으면, 도와준다고 하지 않았어?!"

공격을 몇 번이나 피해 다녔더니 다리가 후들거린다.

하지만 다음 공격도 피하지 않으면 시 서펀트의 먹잇감이 되는 미래가 확정되어 버린다.

이쪽이 약해진 걸 알아챈 것인지 시 서펀트도 지체 없이 덤벼들었다.

"젠장, 망했다."

다리가 생각대로 안 움직여 꼬이는 바람에 피하는 게 늦어졌다.

"이 자시이이익!"

될 대로 되라는 듯이 미스릴 창을 앞으로 내찔렀다.

손에 묵직한 감촉이 전해진다.

"키야아아아아아아아아악."

귀가 먹먹할 정도의 절규가 코앞에서 들려왔다.

그리고 무언가가 풀썩 쓰러지는 소리도.

고개를 들어보니…….

"진짜로?"

시 서펀트의 안구에 내가 내찌른 미스릴 창이 푹 꽂혀 있었다.

나와 시 서펀트, 양측 모두 힘이 실린 상태였던 탓인지 미스릴 창은 전체 길이의 절반 정도까지 안구에 파묻혀 있다.

이거, 뇌까지 닿아서 죽은 건가?

그나저나…….

"해냈다! 해냈다고! 시 서펀트를 쓰러뜨렸다아아아아!"

나는 우연이기는 해도 S랭크인 시 서펀트를 혼자서 쓰러뜨리는 데 성공한 것이었다.

시 서펀트가 잔뜩 서식하는 해역답게 우리가 일전을 벌인 뒤에도 녀석들은 계속해서 습격해 왔다.

조금 전의 일전으로 녹초가 되어버린 나는 전선에서 이탈했다.

내 사역마들인 페르, 곤 옹, 드라 짱, 스이와 '아크' 멤버들이 상대하고 있다.

우리 녀석들은 콰앙, 하고 한 방에 쓰러뜨리는 스타일이고 '아크' 멤버들은 연계 플레이를 펼쳐 수차례 공격을 퍼부어 쓰러뜨리는 스타일이다.

S랭크인 시 서펀트를 상대로 양쪽 모두 안정적인 싸움을 벌이고 있다.

내 사역마들은 그렇다 치고 '아크' 멤버들도 굉장했다.

이 던전에서 페르, 곤 옹, 드라 짱, 스이의 싸움을 지켜본 탓에 '아크' 멤버들은 자신감을 상실한 상태였고, 다소 약한 소리를 하기도 했다.

하지만 조금 전에 있었던 시 서펀트와의 전투로 자신감을 되찾았는지, 다들 자신감 넘치는 얼굴로 힘차게 싸웠다.

사역마들도 '아크' 멤버들도 기세가 올라 차례로 상대를 격파해 나간다.

드롭 아이템은 스이가 촉수를 구사해 남김없이 회수하고 있고.

나는 그 드롭 아이템을 아이템 박스에 넣고 있다.

스이가 휙휙 던지듯이 회수하는 바람에 쌓이다 못해 다시 바다에 빠지려 하고 있었거든.

기껏 회수한 드롭 아이템을 아깝게 바다로 돌아가게 둘 수는 없다는 생각에 일단 내 아이템 박스에 넣고 있는 것이다.

특히 고기를 떨어뜨리는 날에는 페르를 비롯한 먹보 콰르텟이 크게 낙담할 거다.

녀석들이 신이 나서 시 서펀트를 잡고 있는 것도 거의 고기를 얻기 위해서일 테니까.

그런고로 나는 스이가 회수해서 척척 쌓아올리고 있는 시 서펀트의 드롭 아이템을 보관하는 업무에 전념하기로 했다.

『흠, 시 서펀트의 해역을 벗어난 것 같군.』

『칫, 벌써? 어쩔 수 없지.』

『드라여, 이만하면 충분하지 않으냐.』

『잔뜩 잡았어~.』

"후우, 드디어 끝난 거야? 그나저나 S랭크 마물이 이렇게 우글거릴 줄이야."

『뭐어, 던전이기 때문일 테지.』

곤 옹의 말에 따르면 던전 중에는 그런 것도 있다는 모양이다.

우리가 그런 이야기를 나누고 있는 가운데…….

"이봐, 해냈어!"

"그래. 저 시 서펀트를 쓰러뜨렸다고! 우리가!"

"심지어 다섯 마리나! S랭크 마물을 말이야!"

"우리는, 아직 모험가로서 활약할 수 있어!"

완전히 자신감을 되찾은 듯한 '아크' 멤버들이 신이 나서 그런 소릴 주고받고 있었다.

다들 애초에 A랭크 모험가라 누구나 인정할 실력을 갖추고 있었으니까.

그냥 우리 애들이 싸우는 걸 보고 잠깐 자신감을 잃었던 것뿐이지.

뭐어, 우리 애들은 터무니없이 강하니 비교하는 것 자체가 잘못이지만.

어쨌든 '아크' 여러분이 기력을 되찾아 다행이야.

"저기, 일단 오늘은 이쯤에서 탐색을 중단하자."

『그렇게 할까. 시 서펀트도 먹고 싶으니까.』

"아니, 잠깐 기다려 봐. '아크' 여러분이랑 같이 잡았으니까 제대로 분배부터 해야지. 우리가 잡은 것에서만 고기가 나온 건 아니니까."

『뭣이?! 고기는 우리 것이 아니냐! 고기는 못 준다!』

『우리는 가죽이니 뼈, 마석 같은 건 필요 없으니 말이네. 자신의 피와 살이 되며, 맛있기까지 한 고기가 훨씬 좋아.』

『그래, 맞아! 고기는 우리한테 내놔!』

『고기~!』

먹보 콰르텟이 다른 모험가들이 들으면 피눈물을 흘릴 게 분명한 대사를 쏟아냈다.

아니, 페르와 곤 옹은 육성으로 말해서 '아크' 멤버들에게도 똑똑히 들렸는지 쓴웃음을 짓고 있잖아.

"알았으니까 잠깐 교섭이 끝날 때까지 기다리고 있어."

그렇게 말하고서 쓴웃음을 짓고 있는 '아크' 멤버들에게로 몸을 돌렸다.

"저희 쪽 녀석들이 버릇이 없게 굴어서 죄송합니다. 저희는 고기가 1순위라서요……."

정말 난감하기 그지없다니까요.

우리 먹보들은 맛있는 고기는 절대 놓치는 법이 없거든요.

"아니, 얼마간 함께 지낸 덕에 그 정돈 알아."

"무코다 씨의 사역마들은 맛있는 거라면 사족을 못 쓰니까."

"가죽이며 뼈, 마석이 필요 없다니. 우리 모험가들은 고기보다 그런 소재들이 탐나는데 말이지."

시그발드 씨의 그 말에 가우디노 씨, 기디온 씨가 고개를 끄덕이는 가운데, 의견이 다른 이가 한 명 있었다.

"나는 고기가 좋아. 시 서펀트는 한번 먹어보고 싶었어."

먹보 엘프, 페오도라 씨다.

하지만 가우디노 씨, 기디온 씨, 시그발드 씨는 '얘가 뭐라는 거야'라고 말하는 듯한 눈으로 쳐다볼 따름이다.

"이것 봐, 페오도라. 고기를 손에 넣어서 뭘 어쩌려고."

"그래. 고기 같은 걸 손에 넣어봐야 쓸 데도 없잖아."

"맞다. 결국 파는 것 말고는 방법이 없지 않으냐."

세 사람이 나란히 한숨을 내쉬며 지적했다.

아니, 평범하게 요리해서 먹으면 되지 않나?

"먹으면 돼. 아니, 나는 먹고 싶어."

어째서인지 어이없어하는 가우디노 씨, 기디온 씨, 시그발드 씨에게 페오도라 씨는 그렇게 주장했다.

"하아~. 잘 들어, 고기를 손에 넣어도 먹을 수 없다고. 하루 이틀 붙어 다닌 게 아니니 알 것 아냐."

"리더의 말이 맞아. 나나 리더나 시그발드나 요리를 못 한다고."

"나아가 너도 요리는 전혀 못 하지 않으냐."

페오도라 씨를 제외한 나머지 세 사람은 이제 와서 무슨 소릴 하는 거냐는 분위기로 그런 소리를 했다.

하지만 페오도라는 세 사람의 말에 화들짝 놀란 듯 눈이 휘둥그레졌다.

"그러면, 맛있게 못 먹어?"

"아니아니아니, 너 말이야……."

"왜 이제 알아챘다는 표정을 짓는 건데?"

"이 멤버 중 요리를 할 수 있는 녀석은 한 명도 없다는 건 진작 알았을 텐데.”

가우디노 씨, 기디온 씨, 시그발드 씨는 너무도 새삼스러운 소리를 하는 페오도라 씨를 어이없다는 눈으로 쳐다보며 그런 소리를 했다.

웃음을 참으며 그런 ‘아크’ 멤버들을 지켜보던 나는 시 서펀트를 사용한 요리는 만들어드릴 테니 고기는 전부 우리에게 줄 수 없겠느냐고 제안했고.

‘아크’ 멤버들은 흔쾌히 승낙해 주었다.

특히 페오도라 씨는 몇 번이나 고개를 끄덕이더라.

그런고로 고기를 모두 우리가 차지하는 대신, ‘아크’ 멤버들에게는 가죽 세 장과 이빨이 달린 두개골 세 개, 그리고 마석 여섯 개를 넘겼다.

처음에 ‘아크’ 멤버들은 가죽 두 장에 두개골 둘, 마석 하나면 된다고 했지만, 시 서펀트를 다섯 마리나 토벌해놓고 그것만 가져가는 건 너무 적지 않냐고 이야기했더니 가죽 두 장에 두개골 셋, 마석 다섯 개를 가져가겠다고 했지만, 그래도 우리만 원하는 걸 다 가져가는 건 좀 그렇지 않느냐고 교섭해서 가죽 세 장에 두개골 셋, 마석 여섯 개로 늘리는 데 성공했다.

뭐어, 떠넘겼다고 할 수도 있겠지만~.

그도 그럴 게, 우리는 고기는 얼마든지 환영이지만 가죽이나 두개골, 마석이 있어 봐야 결국 모험가 길드에 팔아 돈으로 바꿀 수밖에 없잖아.

가죽은 람베르트 씨에게 드릴 선물로 쓸 수 있을지도 모르지만, 정말 그뿐이다.

아직까진 녀석들 덕분에 돈이 궁하지는 않는 데다 있어봐야 귀찮기만 하니까.

말은 이렇게 했지만 가죽과 두개골과 마석은 앞서 말한 것 말고도 많으니, 언젠가는 그 귀찮은 것들을 처리해야겠지만.

다른 드롭 아이템들도 있으니 카레리나로 돌아가면 귀찮은 정리를 해야 된다는 생각에 벌써부터 골치가 아파오네.

그런 생각을 하던 중…….

『좋아, 고기는 우리가 차지하는 걸로 결정 난 모양이로군.』

『빨리 먹자!』

『시 서펀트는 오랜만이라, 기대되는구먼.』

『고기, 고기, 고기~♪』

"시 서펀트, 기대돼!"

먹보 콰르텟 & 먹보 엘프의 기대를 떠안은 채 우리 일행은 오늘 밤 보금자리로 삼을 섬으로 향했다.

섬에 도착하자마자 먹보 콰르텟이 『얼른 시 서펀트를 내놔라』라고 야단이다.

"나 참, 이쪽도 어떤 요리로 할지 여러모로 생각 중이니까 재촉 좀 하지 마."

『무슨 소릴 하는 거야. 시 서펀트하면 당연히 그거지!』

『음. 그것이지.』

페르와 드라 짱이 눈을 마주치더니 씨익 웃었다.

그 모습을 본 곤 옹은 의아하다는 듯이『'그것'이라는 게 무엇이냐?』라고 페르와 드라 짱에게 물었다.

그러자 스이가 힘차게 답했다.

『카라아게~!』

『음. 시 서펀트로 만든 카라아게는 맛있지.』

『맞아. 무진장 맛있다고!』

페르도 드라 짱도 스이도 바다 도시 베를레앙에서 먹었던 시 서펀트 카라아게의 맛이 기억에 생생한 모양이다.

『호오~ 모두가 맛있다고 하니 기대가 되는군그래. 실로 기대가 커.』

곤 옹도 그렇게 말하며 빙긋 웃었다.

확실히 시 서펀트로 만든 카라아게는 맛있지.

하지만 말이야…….

"아니, 어제도 카라아게였는데, 아무리 그래도 연속으로 먹으면 질리잖아."

어제는 코카트리스로 만든 카라아게였지만 말이야.

『안 질린다. 카라아게라면 매일 먹어도 좋을 정도다.』

『응응. 카라아게는 맛있으니까~.』

『스이도 매일 카라아게 먹어도 돼~.』

"아니아니, 매일 카라아게를 먹자니. 아무리 그래도 난 싫어."

매일 카라아게를 먹는 것도 환영이라는 카라아게 애호가인 페

르, 드라 짱, 스이의 대답에 나는 쓴웃음을 지을 수밖에 없었다.

『고기가 달라지면 맛도 달라질 테지. 모두가 이토록 맛있다고 하니 나도 시 서펀트로 만든 카라아게는 꼭 먹어보고 싶구먼. 주공, 부탁 좀 함세.』

곤 옹이 진지한 얼굴을 한 채 그 투박한 앞발로 내 어깨를 붙들고서 그런 소리를 했다.

왜 그렇게 필사적인 건데, 곤 옹.

그나저나…….

"자잠깐, 아파, 아프다고! 힘 좀 빼!"

『어이쿠, 나도 모르게 힘이 들어가고 말았군. 주공, 만들어 주시겠는가?』

"알겠어! 만들면 되잖아."

곤 옹의 압박에 굴한 나는 어제에 이어 또 카라아게를 만들게 된 것이었다.

아이템 박스에서 마도 버너를 꺼내 준비에 착수한다.

카라아게는 늘 그랬듯이 간장 베이스와 소금 베이스의 정석적인 조합은 당연히 만들기로 하되, 이틀 연달아 카라아게니 다른 맛으로 간을 한 것도 만들려고 한다.

페르와 녀석들은 안 질린다고 했지만 '아크' 멤버들도 있으니까.

무엇보다도 내가 질리기 시작했거든.

연일 같은 메뉴에 같은 맛으로 간을 한 음식을 먹으려니.

그런고로 정석적인 조합 말고도 카레 풍미와 유자 후추 풍미, 된장맛 카라아게도 만들려 한다.

우선 '아크' 멤버들에게 보이지 않도록 마도 버너 뒤에 숨어서 몰래 인터넷 슈퍼를 띄웠다.

재료 중 수중에 없었던 카레 가루와 유자 후추를 잽싸게 구입.

이제 카라아게의 사전 준비를 차근차근 해나가면 된다.

우선 시 서펀트의 고기를 적당한 크기로 썬다.

그런 다음, 우선은 정석 조합부터.

평소처럼 정석적인 조합인 간장 베이스의 양념과 소금 베이스의 양념을 만들어, 특대 사이즈 비닐 봉투를 사용해서 고기를 재운다.

카레 풍미 카라아게는 밑간으로 카레맛을 입힌다기보다는 간장 베이스의 양념에 재운 고기에, 카레 가루를 섞은 튀김옷을 묻혀 튀기는 것이니 간장 베이스 양념에는 고기를 넉넉하게 재운다.

단, 맛은 살짝 약하게.

유자 후추 풍미 카라아게는 유자 후추, 치킨 파우더, 술, 다진 마늘, 다진 생강을 섞은 양념에 재운다.

된장맛 카라아게는 된장, 술, 맛술, 간장, 다진 마늘, 다진 생강을 섞은 양념에 재운다.

물론 둘 다 정석 조합인 간장 베이스와 소금 베이스와 마찬가지로 특대 사이즈 비닐 봉투에 넣어 잔뜩 재워두었다.

특대 사이즈 비닐 봉투를 몇 장이나 쓴 거람.

덕분에 재고가 다 떨어졌다고.

나중에 보충해둬야지.

그건 둘째 치고, 시 서펀트의 고기를 각각 양념에 재우고서 맛이 배어들 때까지 잠시 기다리기로 했다.

…………이것 보셔.

"왜, 왜 그래?"

먹보 콰르텟인 페르, 곤 옹, 드라 짱, 스이와 먹보 엘프인 페오도라 씨가 마도 버너 주변을 둘러싸고 있었다.

『아직이냐?』

『빨리 먹고 싶구먼.』

『배고프다고.』

『배고파~.』

"……(두근두근)."

"하아, 요리에는 순서라는 게 있다고. 카라아게는 고기에 맛이 배어들 때까지 시간이 좀 걸리니까 기다려. 안 그러면 맛있는 카라아게를 못 먹는다?"

나 참~ 성질들은 급해서.

그런 눈으로 재촉한다고 빨리 되는 게 아니라고.

애초에 그렇게 굶주리다 못해 번들거리는 눈으로 쳐다보면 무진장 부담스럽거든?

먹보 콰르텟 & 먹보 엘프에게 둘러싸인 상태에서 할 수 있는 일은 튀김옷을 준비하는 것 정도뿐이다.

카레 풍미 카라아게의 튀김옷에는 카레 가루를 섞어두는 것도 잊지 않았다.

먹보 콰르텟 & 먹보 엘프의 압박감을 얼마간 견뎌냈을 즈음.

좋아, 이제 슬슬 됐으려나.

특대 사이즈 비닐 봉투에 재워두었던 시 서펀트의 고기에 튀김 옷을 입혀 튀기기 시작하자, 더는 못 참겠다는 듯이 먹보 콰르텟과 먹보 엘프가 슬금슬금 다가왔다.

먹음직한 냄새가 풍겨 주린 배를 자극하자…….

녀석들은 군침을 흘리며 노릇노릇하게 구워진 카라아게를 응시했다.

그런 모습에 쓴웃음을 지으며, 나는 갓 튀겨진 카라아게를 모두에게 내주었다.

"갓 튀긴 거라 뜨거우니까 조심해."

뜨거운 것보다는 식욕이 우선인 먹보들은 신이 나서 먹어댔다.

『음, 맛있군!』

『호오~ 이거 맛있구먼. 아주 일품이야!』

『평소 먹던 거랑 맛이 다른 게 있네. 이것도 맛있는데?!』

『맛있어~.』

"……허후허후(빼끔빼끔)."

애타게 기다렸던 시 서펀트 카라아게를 입에 넣은 먹보들의 얼굴에 미소가 가득해졌다.

먹보 콰르텟 사이에 먹보 엘프가 위화감 없이 섞여 있는 걸 보고 있자니 뭐라 형용하기 어려운 기분이 들었지만.

"가우디노 씨네도 드세요."

"오, 고맙군. 그보다, 우리 페오도라가 매번 실례가 많아."
"고마워, 무코다 씨. 나 원, 페오도라 저 녀석은 못 말린다니까."
"잘 먹겠네. 맛있는 걸 좋아하는 엘프들 중에서도 페오도라는 차원이 달라서 말이네. 정말 미안하게 됐네."
먹보 콰르텟과 함께 두 손에 포크를 쥐고 와구와구 카라아게를 먹는 페오도라 씨의 모습에 가우디노 씨, 기디온 씨, 시그발드 씨는 쓴웃음을 지은 채 말했다.
"페오도라 씨는 시 서펀트 요리를 무척 기대하고 계셨던 것 같으니까요. 그보다 우리 쪽 녀석들이 '시 서펀트를 먹을 거면 카라아게로 해라'라고 하는 바람에 어제랑 같은 메뉴가 돼서 죄송합니다."
"아니아니, 이 '카라아게'라는 기름에 튀긴 요리는 맛있어서 전혀 문제 될 게 없어."
"응응. 무진장 맛있으니까, 이거."
"음. 술과의 궁합도 끝내준다는 점이 최고지."
그런 소릴 하신들 오늘은 술 안 드릴 겁니다, 시그발드 씨.
『어이, 한 그릇 더다! 평소 먹던 맛을 많이 내놔라.』
『나도 주시게. 나는 이 매콤한 것을 많이 주시게나.』
『나는, 이 평소 먹던 거랑 다른 맛을 많이 줘!』
『으~음, 스이는 있지~ 전부 다 많~이!』
"그래."
나는 계속해서 쉬지 않고 튀겨 나갔다.
카라아게를 튀기는 중간중간 집어먹기도 하면서.

유자 후추 풍미와 된장맛 카라아게가 무진장 맛있네.

카레 풍미도 맛은 있지만, 카레 가루를 좀 더 많이 넣어도 괜찮을 뻔했어.

"시 서펀트, 처음 먹어 봤지만 맛있네."

"그야 당연하지. 게다가 무코다 씨가 요리해준 건데, 맛이 없을 리가 없잖아."

"맞네. 그나저나 이 매콤한 것이 일품이로구먼. 여기에 술이 있으면 최고일 텐데."

"이것 봐, 던전 안에서 그게 무슨 말도 안 되는 소리야."

"그래 맞아, 시그발드."

그런 이야기를 나누며 가우디노 씨, 기디온 씨, 시그발드 씨가 이쪽을 흘끔거렸다.

유자 후추 풍미 카라아게가 참 맛있죠?

여기에 맥주 같은 게 있으면 최고일 텐데 말이에요~.

하지만 안 드릴 겁니다!

그렇게 기대하는 눈빛으로 쳐다봐야 소용없어요.

내일도 던전을 공략해야 하니까요.

그나저나…….

난 계~속 카라아게를 튀겨대고 있는데.

나도 느긋하게 좀 먹자~!

"끄윽."

속이 더부룩하다.

"아~ 나 혼자라도 다른 걸 먹을 걸 그랬어……."

배를 부여잡은 채 나는 작은 소리로 중얼거렸다.

현재, 야영지였던 섬을 나선 우리 일행은 거대해진 스이를 타고 망망대해를 나아가고 있었다.

카라아게를 연속으로 먹었는데도 나 말고는 다들 멀쩡하다.

먹보 콰르텟 & 먹보 엘프는 아침부터 또 고기를 먹어댔고.

드라 짱이 아침부터『생강구이가 먹고 싶네』라는 소릴 했고, 페르와 곤 옹과 스이도 거기에 편승해『괜찮은데?』라고 하는 바람에 아침부터 생강구이 덮밥을 만들어줬다고.

심지어 든든히 먹고 싶다고 해서 양배추 없이 쌀밥과 고기만 넣은 걸.

아침부터 고기를 먹는 건 먹보 콰르텟인 페르, 곤 옹, 드라 짱, 스이에게는 평범한 일이지만, 페오도라 씨까지 냄새에 낚인 건지 생강구이 덮밥을 뜨거운 시선으로 바라보더라고…….

하지만 카라아게를 연속으로 먹었으니 일단은 건강을 위해 아침 식사는 내 전용으로 만들어둔 담백한 쪽으로 하는 게 좋지 않을까 생각했지.

근데 페르랑 녀석들한테 생강구이 덮밥을 줬더니 페오도라 씨가 '내가 먹을 건 없어?'라고 말하는 듯한 서글픈 얼굴로 나를 쳐다보더라고.

그래서 어쩔 수 없이 페오도라 씨한테도 생강구이 덮밥을 내드렸어.

그랬더니 무진장 이쁜 미소를 지어 보이는 거야.

애초에 대식가에 뭐든 잘 먹는 엘프라 아침부터 고기도 괜찮은 것 같지만, 카라아게를 연속으로 먹은 뒤에 이 고기밖에 없는 덮밥까지 따라 먹다니…….

먹보 콰르텟에 뒤지지 않는 강철의 위장을 지닌 것 같다니까, 정말로.

그런고로 먹보 콰르텟 & 먹보 엘프는 생강구이 덮밥을 아침부터 신이 나서 와구와구 먹어 재꼈다.

한편, 가우디노 씨와 기디온 씨와 시그발드 씨는 내 전용으로 만들어둔 담백한 양식 메뉴를 먹었다.

앨번표 채소를 듬뿍 사용한 콩소메 수프에 스크램블 에그, 앨번표 채소 피클에 테레자 특제 천연 효모 빵으로 만든 토스트라는 실로 먹음직한 라인업이다.

이 세 분도 담백한 메뉴라고는 해도 추가 주문까지 해가며 팍팍 먹어댄 걸 보면, 속은 괜찮은가 보다.

나는 식욕이 없어서 인터넷 슈퍼에서 몰래 산 채소 주스만 마셨는데.

난 신의 가호가 있어서 상태이상 무효일 텐데 말이야~.

이렇게 속이 더부룩한 건 몸이 아니라 정신적인 문제인 건가?

25살 이후부터는 몸 상태를 고려해서 며칠 연속으로 튀김을 먹어본 적이 없었으니까아.

심지어 연달아 먹은 게 카라아게였으니.

게다가 유자 후추 풍미랑 된장맛 카라아게가 맛있다고 우걱우걱 과식을 한 게 문제였다.

뭐든 적당히 하는 게 제일이라니까.

쾌청한 하늘 아래, 코발트 블루색으로 빛나는 해수면을 바라보며 나는 그런 생각을 했더랬다.

"끄응."

시 서펀트와의 전투로부터 5일 후.

우리 일행은 거대해진 스이를 타고 순조롭게 망망대해를 나아가고 있었다.

"여기가 던전이라는 걸 잊을 것만 같아……."

까마득하게 펼쳐진 해수면을 바라보며 혼잣말을 했다.

『주인~ 물고기~.』

그렇게 말하며 스이가 촉수로 드롭 아이템인 생선 살코기를 촉수로 잡아 내밀었다.

이걸 보면 던전이 맞긴 한 것 같지만.

"고맙다."

빅 니들 피시라는 다트처럼 생긴 물고기의 살코기다.

2, 3일 전부터 종종 잡히기 시작했다.

호일 구이를 해보니 모두에게 평가가 좋기에 이렇게 스이에게 적극적으로 잡아달라고 했다.

지금까지 그 밖에도 크라켄 두 마리와 아스피도켈론 세 마리와 맞닥뜨렸지만 페르, 곤 옹, 드라 짱, 스이 중 누군가가 그 즉시 처치했다.

뭐, 전부 다 맛있었지.

오징어와 고급 흰살생선이 그럭저럭 잡혀서 카레리나에 있는 식구들한테 줄 좋은 선물이 될 것 같다.

벌써부터 정원에서 해산물 바비큐를 하는 것도 괜찮겠다는 생각이 들 정도다.

페오도라 씨가 크라켄과 아스피도켈론이 식사로 나오는 걸 기대하고 있는 것 같지만, 일단 못 알아챈 척하고 있다.

이건 선물로 줄 거니까.

사수해야지, 사수.

그런 식으로 마물은 종종 나타났지만 페르 일행 덕분에 대체로 평화롭게 나아가고 있었다.

이때까지는…….

『음, 왔군.』

『음.』

『오~ 뭔가 잔뜩 왔네.』

『거북이~.』

해수면에 떠오른 수많은 등껍질이 이쪽으로 다가오고 있었다.

“저건!”

“쳇, 살인 거북이잖아.”

“머더 시 터틀이로군.”

“성가시긴 하지만, 저 등껍질은 좋은 돈벌이가 돼.”

살인 거북이라고 했는데, 등껍질만 해도 2미터는 될 것 같은 데다 얼굴까지 흉악하게 생겼네.

그 뭐냐, 늑대거북처럼 생겼다.

“좋아, 해치우자! 우리는 이전에 토벌해본 적이 있어. 차분하게 대처하면 문제없을 거야. 단, 물리지 않도록 주의하고!”

“그래! 우리는 시 서펀트도 잡았어. B랭크인 살인 거북 따위는 아무것도 아니야!”

“음! 우리라면 문제 없을 게야.”

“등껍질. 등껍질을 잔뜩 얻어내자.”

가만, 응?

다들, 싸우려고요?

『어쩔 수 없지. 숫자가 많으니 우리도 싸운다.』

『어쩔 수 없구먼.』

『도와주도록 할까. 근데 저거, 먹을 수 있는 건가?』

『거북이, 해치울래~!』

페르, 곤 옹, 드라 짱, 스이도 의욕이 넘친다.

일행의 의욕 만점 모드에 휩쓸려 나도 허둥지둥 미스릴 창을 끄집어냈다.

“온다!”

가우디노 씨가 소리침과 동시에 적과 부딪혔다.

페르, 곤 옹, 드라 짱, 스이는 무난하게 차례로 흉악한 바다거북을 처치해 나갔다.

'아크' 멤버들도 최고의 팀워크를 살려 차례로 격파해 나갔다.

나로 말하자면…….

"오지 마라~ 이쪽으로 오지 말아주라~."

엉거주춤한 자세로 그렇게 빌며 흉악한 바다거북들의 등껍질을 보고 있었다.

하지만 나의 기도가 닿지 않았는지 흉악한 바다거북과 눈이 딱 마주치고 말았다.

흉악한 바다거북이 나를 잡으려고 스이 위로 올라오려 하고 있다.

"끄악~ 오지 말라고 했잖아!"

미스릴 창을 휘둘러 봤지만 흉악한 바다거북은 그걸 예상한 듯이 머리를 등껍질 안으로 집어넣었다.

"젠장."

그러는 동안에도 흉악한 바다거북은 차츰차츰 거리를 좁혀왔다.

"젠장, 이쪽으로 오지 말라고!"

나는 목표를 머리에서 앞다리로 바꿔서 베었다.

"꾸오."

흉악한 바다거북의 앞다리에서 붉은 피가 벌컥벌컥 흘러나온다.

하지만 앞다리의 상처만으로는 치명상이 되지 않아서, 오히려 화만 돋운 듯했다.

잔뜩 화가 난 흉악한 바다거북이 나에게 덤벼들었다.

"잠깐, 잠깐잠깐잠깐~!"
나는 창을 마구 휘둘러댔다.
그 창이 운 좋게 흉악한 바다거북에게 맞아 바다로 첨벙.
그 모습을 본 나는 쓰러뜨리기보다는 빠뜨리는 쪽으로 전법을 변경했다.
떨어진 녀석들은 페르 일행이나 '아크' 여러분들이 어떻게든 해…… 주겠지!
나는 나에게 덤벼드는 흉악한 바다거북들을 정신없이 바다에 빠뜨렸다.
………………….
…………….
…….
"하아, 피곤하다……."
『너는 쓰러뜨리지도 않았으면서, 왜 그렇게 지친 거냐.』
"큭."
페르의 날카로운 딴죽에 나는 신음했다.
"어, 어쩔 수 없잖아! 바다에 빠뜨리는 게 한계였다고."
『하아~ 너란 녀석은 정말…….』
왜 못 말리겠다는 듯이 고개를 가로젓는 건데?
난 내가 할 수 있는 일을 했다고.
『주인~ 이게 마지막이야~.』
"오, 고맙다. 스이~."
산더미처럼 쌓인 등껍질.

그걸 보는 '아크' 멤버들의 얼굴이 만족스러워 보인다.
이 등껍질은 값어치가 상당하다니까.
그리고 옆에도 무언가가 산더미처럼 쌓여 있었다.
등껍질만큼은 아니지만 이쪽도 양이 상당하다.
『그 거북의 고기인가. 맛있나?』
『저건 나도 먹어본 적이 없어서 말이다. 페르는 어떠냐?』
『나도 저건 먹어본 적이 없다. 하지만 고기가 나왔다는 건 먹을 수 있다는 뜻 아닌가?』
『뭐어, 그러할 테지.』
『이 고기, 맛있으면 좋겠다~.』
『그런고로 주공, 부탁하네.』
『그래. 이 녀석한테 맡겨두면 괜찮겠지.』
『음. 맛있게 요리해라.』
『주인~ 맛있게 해줘야 해~.』
"이봐들……."
나한테 떠넘기냐.
근데 이거, 정말 먹을 수 있는 건가?
뭔가 지금까지 본 것 중 고깃덩이에 가죽이 제일 많이 붙어있어서 무진장 징그럽게 생겼는데.
발 부분은 아주 그 상태 그대로고.
뭐, 뭐어, 지금 당장 어떻게 할 필요는 없으니 보류하자, 보류.
굳이 이걸 먹지 않아도 먹을 수 있는 고기는 아이템 박스에 잔뜩 있으니까.

그런 생각을 하며 나는 굳어버린 얼굴로 징그러운 고깃덩이를 아이템 박스에 처박았다.

◇ ◇ ◇ ◇ ◇

우리는 오늘 밤 보금자리로 삼을 섬에 상륙했다.

나는 저녁 식사 준비를 해야 하는데, 상황이 아주 매우 난감해졌다.

페르를 비롯한 먹보 콰르텟이 흉악한 바다거북을 먹어보고 싶다지 뭐야.

어떻게 먹어야 하는지도 모르겠고, "지금 먹을 필요는 없잖아"라고 했더니 『괜찮다. 너라면 어떻게든 할 수 있을 거다』라면서 밀어붙이는 바람에…….

"정말, 이걸 어떻게 한담……."

가죽이 붙어있는 징그러운 고깃덩이 앞에서 나는 넋을 놓고 있게 된 것이다.

하지만 이 상태로는 아무것도 할 수가 없다.

맛을 확인해야 앞으로 나아갈 수 있어.

징그럽다는 생각을 하면서도 가죽을 벗기고 고기를 잘라냈다.

그리고 소금 후추를 가볍게 뿌려서 프라이팬에 구워봤다.

구워진 흉악한 바다거북 고기를 젓가락으로 집어서 눈앞으로 가져왔다.

"괜찮아. 던전산 자라도 먹었잖아. 그거랑 비슷한 거야."

나 자신을 설득하듯이 그렇게 말했다.
"좋아, 나도 남자라고. 간다."
용기를 내서 흉악한 바다거북의 고기를 입안에 던져 넣었다.
조심스럽게 씹으며 맛을 보니…….
소고기 같기도 하고 돼지고기 같기도 하고, 닭고기 같기도 하다.
조금씩 비슷한 면이 있는데, 무엇과 비슷한지를 꼽자면 으~음…….
그래, 느낌상으로 말하자면 이 고기는 살짝 독특한 누린내가 나는 것이, 양고기랑 제일 비슷할지도 모르겠다.
같은 거북이 마물이라도 자라인 빅 바이트 터틀의 고기와는 천지 차이네, 이거.
이 고기, 허브 솔트를 뿌려서 구우면 어떨까.
그러면 누린내를 잡을 수 있을 것 같은데.
여러 도시에서 틈틈이 모았더니 종류도 꽤 많아졌으니까.
그런고로 아까 가죽을 벗겼던 고기를 뼈째로 적당히 썰어서 허브 솔트를 뿌린다.
사용한 허브 솔트는 얼마 전에 손에 넣은, 향은 강하지만 상쾌한 풍미의 허브 솔트다.
프라이팬에 올리브 오일을 두르고 달군 후, 거기에 허브 솔트를 뿌려둔 흉악 바다거북의 고기를 굽는다.
"응, 향은 괜찮네. 문제는 맛인데……."
구워진 고기를 시식해 보았다.
상쾌한 허브향이 코를 자극하는 가운데 고기의 감칠맛도 잘 느껴지는 요리가 되었다.
신경 쓰였던 누린내도 전혀 안 난다.
"이 정도면 괜찮겠어."
나는 흉악한 바다거북 허브 솔트 구이를 양산해 나갔다.
징그러운 고깃덩이의 가죽을 벗기는 데 애를 먹기는 했지만.

◇ ◇ ◇ ◇ ◇

『음. 미안하지만 거북이 고기는, 전골로 만드는 게 더 낫군.』
흉악한 바다거북 허브 솔트 구이를 우둑우둑 뼈째 씹어 먹으며 페르가 그런 소리를 했다.
『듣고 보니 그렇구나. 이것도 나쁘지는 않지만, 그 전골로 만든 거북이 고기에 비하면 맛이 떨어지는구먼.』
페르의 말에 곤 옹도 동의하며 그렇게 말했다.
『그 전골에 들어간 거북이 고기랑 비교하면 안 되지. 그건 진짜 맛있었으니까. 아~ 생각했더니 또 먹고 싶어지네.』
흉악한 바다거북 고기를 먹으며 드라 짱이 말했다.
『주인~ 이것도 맛있어~. 전골로 만든 거북이 고기 쪽이 훨~씬 더 맛있기는 하지만.』
스이까지 그런 소릴 했다.
크으으으윽…….
"나 참~ 먹고 싶다고 한 건 너희잖아아~! 그 징그러운 고깃덩이에서 가죽을 벗기느라 얼마나 고생을 했는데!"

확실히 맛은 자라 쪽이 훨씬 좋지.

그건 나도 인정해.

하지만 말야, 그런 식으로 따지면 할 말이 없잖아.

난 너희가 먹고 싶다고 해서 그 징그러운 고깃덩이랑 씨름을 한 거라고!

그 다리의 형태가 그대로 남아있는 고깃덩이라든가, 가죽이 달린 배 부분의 고깃덩이 같은 거랑.

기껏 참아가며 가죽을 벗겨서 요리했더니, 너희 정말 이러기냐?

『아, 아니, 맛이 있기는 하다.』

『그, 그렇다네. 허브향이 고기와 잘 어울리는구먼.』

『마, 맞아. 이것도 나쁘지 않아, 나쁘지 않다고.』

『주인~ 있잖아~ 정말 맛있어~?』

내가 씩씩거리고 화를 내자 이건 좀 너무했다 싶었는지 페르, 곤 옹, 드라 짱, 스이가 초조한 투로 그런 소리를 했다.

그나저나 스이야, 왜 의문형이니.

하아…… 그만 됐어.

"너희가 먹고 싶다고 했으니까, 남기지 말고 먹어."

그렇게 말했더니 먹보 콰르텟은『당연하지』라고 하며 아구아구 먹었다.

이러쿵저러쿵 하기는 했지만 맛이 없지는 않다는 거겠지.

나 참, 저 녀석들은 좋은 고기만 먹다 보니 입맛이 고급이 돼서 문제라니까.

비축된 고기의 종류는 많지만 그게 어쩌다가 다 떨어졌을 때를 생각하니 겁이 나네.

그런 생각을 하며 흉악한 바다거북 허브 솔트 구이를 먹던 중, '아크' 멤버들의 대화가 귀로 들어왔다.

"처음에는 머더 시 터틀의 고기는 먹을 수 있는 건가, 싶었지만……."

"나도."

"나도 그랬네."

"나도."

뭐어, 그 징그러운 고깃덩이를 봤으니 그렇게 생각할 만도 하지.

"페르 님 일행은 이전에 먹었던 빅 바이트 터틀보다 다소 떨어진다고 말씀하셨지만, 이것도 충분히 맛있는걸."

"그래. 아주 괜찮아. 아닌 게 아니라 왕도(王都)에 있는 고급 레스토랑의 요리보다 확실히 맛있을 걸."

"요전에 전골이라는 것으로 먹었던 빅 바이트 터틀도 맛있었지만 이쪽도 맛있구먼. 특히 이 고기는 술에 잘 어울릴 것 같아서, 그것만으로도 내게는 미식이라 할 수 있지. 에일과 함께 배가 찢어지기 직전까지 먹고 싶을 정도네."

"아주 맛있어. 얼마든 먹을 수 있겠어."

오오, 절찬이 쏟아지고 있네.

여러분, 고맙습니다~.

고생해서 만든 보람이 있었어.

"그런데 이걸 두고 불평까지는 아니라도 군소리를 하다니."

"무코다 씨네는 좋은 걸 먹고 있으니 말이야."

"그에 비해 평소 우리가 먹는 식사는……."

"떠오르게 하지 마, 리더."

"던전 안에서는 정말 최악이야."

"던전 밖에서도 이렇게 맛있는 건 못 먹지 않으냐."

그런 소리를 주고받으며 '아크' 멤버들은 흉악한 바다거북 허브 솔트 구이를 차분히 맛보듯이 씹고 있었다.

그리고…….

"저기, 생각을 좀 해봤는데, 우린 이렇게 맛있는 걸 잔뜩 먹고 원래 생활로 돌아갈 수 있을까……."

기디온 씨가 문득 그런 말을 한 직후.

'아크' 멤버들이 일제히 나를 쳐다보았다.

'아크' 멤버들이 동료가 되고 싶은 듯이 이쪽을 보고 있다.

동료로 삼겠습니까?

→YES　　　　NO

순간, 그런 선택지가 머리에 떠올랐다.

이마에서 땀이 흐른다.

안 돼.

이건 눈을 마주치면 안 되는 패턴이다.

나는 필사적으로 못 알아챈 척을 하며 묵묵히 흉악한 바다거북 허브 솔트 구이를 먹었다.

아니, 그런 건 내가 알 바 아니라고!

이번 던전만 동행하는 거라 생각해서 식사를 이쪽에서 책임지겠다고 약속한 것이기도 하고.

그러니 이 던전에 있는 동안에는 식사를 제공하겠지만, 그다음 일은 난 몰라요.

나는 먹보 콰르텟을 챙기는 것만으로도 벅차서 당신들의 식사까지 계속 챙겨줄 수 없다고요!

“저기, 이 던전은 아직 더 남았어?”

『그건, 아래층이 더 있냐는 뜻이냐?』

“그것도 궁금하지만, 이번 계층을 말한 거야.”

이 던전에 들어온 지도 20일 정도가 되었다.

슬슬 지상으로 돌아가고 싶기도 한 데다 요즘 들어 어떤 일로 인해 살짝 위기감을 느끼고 있거든.

‘아크’ 멤버들의 대화를 들은 이후로 말이야…….

‘아크’ 멤버들은 좋은 사람들이라 싫지는 않지만, 앞으로도 함께 행동하고 싶은가 하면, 글쎄.

솔직히 말해서 귀찮은 일이 늘어나는 건 사양하고 싶다고.

먹보 콰르텟을 챙기는 것만으로도 벅차니까.

그런고로 던전에서 나가면 근처에 있는 론카이넨으로 돌아가, 그곳에서 바로 해산하고 싶단 말이지.

『주공, 아래로도 계속될 것이냐는 의미라면, 그렇지는 않을 것일세.』

『음. 이번 계층으로 끝일 거다.』

곤 옹과 페르가 그렇다면 분명 그렇겠지.

『에이~ 이 던전은 이번 계층으로 끝이라고? 여기 꽤 재미있는데~.』

『좀 더 계속되면 좋을 텐데~.』

우리의 이야기를 듣고 있던 드라 짱과 스이가 아쉬운 투로 그런 소리를 했다.

"아쉬워도 어쩔 수 없잖아."

말은 그렇게 했지만 나는 가슴을 쓸어내렸다.

그나저나 이 던전, 여기까지 와서 말하자니 좀 그렇지만 평범한 사람의 감각으로 말하자면 아주 피도 눈물도 없는 난이도잖아~.

일단 1계층의 습지대와 2계층의 바다, 둘 다 보통 넓은 게 아니니까.

우리가 이곳까지 올 수 있었던 것도 페르와 곤 옹, 드라 짱, 스이가 있어준 덕분이잖아.

애초에 이런 바다로 된 계층은 보통 배, 그것도 외양선(外洋船)이 있어야 전진할 수 있을 테고.

그건 그렇고…….

"아래층이 없다는 건 알겠는데 이번 계층…… 아니, 바다는 아직 더 남았어?"

『크크크크크, 이제 곧 끝난다. 얼마 안 남았어.』

『크하하하하하, 그럼그럼. 나도 조금은 즐길 수 있을 것 같군.』

잠깐, 그 웃음은 뭐야.

무진장 호전적인 뉘앙스잖아!

괜히 불안해지니까 그렇게 웃지 마~!

페르와 곤 옹에게서 이 던전은 이번 계층으로 끝이라는 말을 듣고서 사흘이 지난 후.

우리 일행은 어제부터 계속 거대해진 스이 위에서 지내고 있었다.

페르와 곤 옹의 말에 따르면『이 앞으로는 섬이 없다. 마지막 섬을 제외하면』이란다.

그 마지막 섬이라는 곳에 계층주(보스), 다시 말해서 이 던전의 최종 보스가 있다는 모양이다.

나와 드라 짱, 스이가 "어떤 녀석인데?"라고 물어도 페르와 곤 옹은 수상쩍은 미소를 띤 채『나타날 때까지는 비밀이다』라고만 하고 알려주질 않았다.

더더욱 불안해졌다.

게다가…….

"스이, 계속 안 쉬었는데, 괜찮니?"

『괜찮아~. 스이는 멀쩡해~!』

"그래? 그래도 힘들면 말해야 해."

『네에~.』

섬이 없다 보니 쉴 장소도 없어서 어쩔 수 없기는 하지만, 스이에게만 부담을 주는 것 같아 마음이 괴롭다.

식사와 간식을 먹을 때는 만든 사람의 권한을 발동해서 "스이는 쉬지도 않고 있다고!"라며 스이의 몫을 더 많이 주고 있기는 하지만.

스이는 더 많이 먹을 수 있다며『스이만 특별대우~』라면서 좋아하고는 있지만, 그래도 좀…….

게다가 스이의 위에 있다 보니 조리도 제대로 할 수가 없어 아이템 박스에 있던 비축 식량을 계속 방출하고 있는 상태다.

"미안해. 스이만 일을 시켜서. 조금만 더 힘내자."

『으~응.』

"집에 가면 스이가 좋아하는 걸 뭐든 만들어줄게."

『정마알~? 아싸——!』

스이는 그렇게 말하며 푸들푸들 몸을 떨었다.

"그, 그만그만, 사람들이 타고 있으니까 떨면 안 돼."

『잘못했어요오.』

그렇게 말한 후, 스이는 신이 나서 『카라아게를 해달랄까~♪ 아니면 햄버그 스테이크가 좋을까~♪』하고 요상한 멜로디의 노래를 불러댔다.

『어이, 스이만 챙겨주는 건 치사하지 않으냐.』

페르가 울컥한 얼굴로 그런 소리를 했다.

"시끄러워!"

나는 페르에게 단호하게 답했다.

"잘 들어, 스이는 말이야, 계~속 쉬지도 않고 우리를 태우고 다니고 있다고. 그걸 보고 아무 생각도 안 들어?"

『아니, 그건…….』

"애초에 말이야, 여기까지 올 수 있었던 것도 스이 덕분이잖아."

『뭐어, 그렇다고 볼 수도 있지.』

"그런데 너는…………."

너무도 이기적인 페르의 태도에 설교를 퍼붓고 있자, 다른 녀석들의 목소리가 들려왔다.

『어휴, 불평 안 하길 잘했네~.』

『드라여, 쓸데없는 소린 안 하는 게 좋다. 입이 화근이다, 라는 속담이 있지. 저기에 좋은 예가 있지 않으냐. 페르를 보고 배우도록 하거라.』

『그래야겠어.』

설교를 퍼붓고 있는 내가 할 말은 아니지만, 곤 옹이랑 드라 짱도 참 너무하네.

뭐, 쓸데없는 소린 안 하는 게 좋다는 말이 맞기는 하지만.

그리고 다른 쪽에서도 수군대는 소리가 들렸다.

"무코다 씨, 굉장하네. 펜리르 님한테 단호하게 말하고 있어……."

"그러게. '시끄러워!'라고 한 것도 모자라 설교를 하고 있잖아."

"세상은 넓다지만 펜리르 님을 저런 태도로 대할 수 있는 건 무코다 씨뿐일 걸세."

"굉장해."

'아크' 여러분, 소곤거리고 있지만 다 들리거든요?

게다가 저도 말을 해야 할 때는 한다고요.

이 녀석들이랑 하루 이틀 붙어 다닌 줄 알아요?

그러던 그때, 거대해진 스이가 크게 흔들렸다.

"우어엇."

순간적으로 균형을 잡은 덕에 무사할 수 있었다.

『파도가 거세졌군.』

"그러고 보니 날씨도 많이 변했네."

어느샌가 한여름 같던 푸른 하늘에서 어두침침한 하늘로 바뀌어 있었다.

바다도 그토록 잔잔했는데 지금은 파도가 쳐서 가끔씩 스이가 흔들렸다.

『이봐~ 마물은 안 나오는 거야? 오늘 내내 안 보이는데.』

드라 짱이 그런 소리를 했다.

듣고 보니…….

"안 보이네, 마물이."

그렇게나 우글대던 마물이 코빼기도 안 보인다.

『얼마 안 남았으니 말이네.』

『음. 거의 다 왔다. 내일이면 도착하겠지.』

"도착할 거라니, 마지막 섬 말이야?"

그렇게 묻자 페르와 곤 옹이 고개를 끄덕였다.

그렇다면 드디어 최종 보스와 조우할 거란 뜻인가.

"그래서, 최종 보스는 뭔데?"

페르와 곤 옹에게 다시 물어봤지만 씨익 웃을 따름이었다.

아 정말~ 궁금해 죽겠네에에에.

"이, 이봐! 이거 언제까지 계속되는 거야?"

휭휭, 바람이 휘몰아친다.

살을 때리듯이 비가 쏟아지고 파도가 날뛴다.

우리 일행은 폭풍우가 몰아치는 곳 한복판에 있었다.

마지막 섬에 가까워질수록 날씨가 안 좋아지더니 끝내는 폭풍우가 몰아치기 시작한 것이다.

페르와 곤 옹, 그리고 곤 옹에게 매달려 있는 드라 짱은 태연한 얼굴이고 스이는 꺅꺅 웃으며 파도타기를 즐기고 있었지만, 나와 '아크' 여러분은 거대해진 스이 위에서 떨어지지 않으려고 안간힘을 쓰고 있다.

『거의 다 왔다! 이제 곧 마주칠 거다!』

『음! 거의 다 왔네!』

페르와 곤 옹의 들뜬 목소리가 들려왔다.

"거의 다 왔다고 한들, 최종 보스를 만나기 전에 우리가 죽을 것 같거든~?!"

이렇게 폭풍이 휘몰아치는 가운데, 스이에게서 떨어지면 무사하지 못할 거라고.

"뭐든 좋으니 어떻게든 해봐아아아~!"

『하여간 인간이란 것들은 약해빠져서. 이 분위기를 즐기지는 못할망정.』

나와 '아크' 멤버들을 본 페르가 못 말리겠다는 듯이 그런 소리를 했다.

"뭐가 '즐기지는 못할망정'이라는 거야~! 이런 폭풍우를 어떻게 즐기란 건데, 등신아~!"

나도 화를 참지 못하고 그렇게 소리치고 말았다.

『드, 등신이라고?! 결계를 쳐줄까 했지만, 안 쳐줄 줄 알아라!』
『진정하거라, 페르여. 인간은 나약하다. 우리의 보호가 필요할 것이야. 특히 주공은 말이다.』
『그, 그건 그렇지만, 등신은 좀 심하지 않나!』
『진정하래도.』
곤 옹이 그렇게 말하며 페르의 어깨를 두드렸다.
『어찌 되었건 주공이 무사하지 않으면 난감하지 않겠느냐. 녀석의 고기를 최고로 맛있는 요리로 만들어주지 않아도 괜찮다는 것이냐?』
『큭, 그 문제가 있었군.』
『나도 녀석의 고기를 먹는 건 오랜만이다. 페르 너도 그러할 테지?』
『음.』
『그만한 고기다. 최고의 요리로 먹어보고 싶지 않으냐.』
『듣고 보니. 하아. 부아가 치밀긴 하지만 결계를 쳐주지. 곤 옹도 협력해라.』
『음. 나와 네 결계라면 저 녀석이 아무리 날뛰어도 꿈쩍도 안 할 게다.』
그러더니 페르와 곤 옹이 결계를 쳤다.
미쳐 날뛰는 바다에 떠 있는 거대해진 스이의 위에 있는 이상, 흔들림만큼은 어찌할 수가 없었지만 페르와 곤 옹의 결계 덕분에 폭풍과 호우로부터는 벗어날 수 있었다.
그제야 나와 '아크' 멤버들은 한숨을 돌렸다.

"아~ 살았다……."
"살아도 산 것 같지가 않았어."
"죽는 줄만 알았네……."
"음. 이렇게 지독한 폭풍은 처음이로구먼."
"죽은 첫 번째 남편의 얼굴이 보였어……."
하지만 우리에게 쉴 틈은 없었다.
『있지있지, 주인~. 뭔가 커다란 게 나왔어~.』
『이야~! 엄청 크네!』
『드디어 나타났나.』
『납신 것 같군그래.』
녀석들의 말을 듣고 고개를 들어 앞을 본 직후…….
너무도 갑작스러운 사태에 말문이 막혀, 입을 쩍 벌린 채 올려다볼 수밖에 없었다.
우리 앞에 모습을 드러낸 그것은 가늘고 길며 거대한 몸으로 섬을 지키듯이 에워싼 채 고개를 쳐들고 이쪽을 노려보고 있었다.
『리바이어던이다.』
『바다의 제왕이라 불리기도 하지.』
『드라와 스이는 손대지 마라. 너희는 아직 저것의 상대가 안 된다.』
『칫, 분하지만 어쩔 수 없지.』
『에이~ 스이도 퓻퓻해서 싸우고 싶은데~.』
『스이~ 고집부리지 마. 분하지만 나랑 너는 아직 저걸 이길 수 없어. 자신의 현재 실력을 파악하는 것도 중요하다고.』

『치이~.』
아, 아니아니아니아니아니아니, 스이야, 저런 거랑 싸우려고 하면 못 써!
뭐야, 저건!
아무리 봐도 사이즈가 이상하잖아!
섬을 빙 둘러싸고 있다니, 섬 자체도 그렇게 작지 않은데!
드라 짱, 너도 이상하거든?!
억울하다는 듯이『분하지만 나랑 너는 아직 저걸 이길 수 없어』라고 했는데, 이길 수 있으면 저거랑 싸우게?!
그리고 스이랑 드라 짱보다 더 이상한 건 페르랑 곤 옹, 너희야!
왜 저걸 보고 눈을 번뜩거리면서 웃고 있는 건데?!
다들 이상하다고!
『그러면, 가볼까. 스이, 저것에 좀 더 붙어라.』
『네~에!』
그 대화를 듣고 나는 퍼뜩 정신을 차렸다.
"스이, 스토~~~옵!!! 안돼안돼안돼, 절대로 안 돼! 왜 우리까지 끌어들여서 저거한테 가까이 가려 하는 건데! 우릴 죽일 셈이야?!"
『죽일 셈이냐니, 무슨 소리냐. 너희에게는 나와 곤 옹이 결계를 쳐주었건만. 만에 하나라도 죽을 일은 없다!』
"공격은 그걸로 막을 수 있을지도 모르지만 정신적인 대미지가 너무 크다고! 저런 것에 가까이 가면 심장이 바짝 쪼그라들 거라고! 아니, 너무 무서워서 심장이 멎어버릴걸!"

지금도 심장이 쿵쾅거리고 있다고!

이 이상 다가가면 심장이 망가질 거야!

『그 무슨 나약한 소리냐! 이래서 너란 녀석은!』

"아니, 나뿐만이 아니라고! '아크' 여러분도 마찬가지라고, 그쵸, 가우디노 씨………… 끄악~!"

'아크' 멤버들이 종이처럼 새하얗게 질린 얼굴로 넋을 놓고 있었다.

생기가 전혀 안 느껴지는데, 괜찮은 거야?!

"가우디노 씨! 기디온 씨! 시그발드 씨! 페오도라 씨!"

나는 필사적으로 '아크' 멤버들의 옆으로 기어가서 이름을 부르며 어깨를 흔들었다.

하지만 모두 다 아무 말도 없었다.

설마 죽은 건가 싶어서 나는 얼굴이 파랗게 질렸다.

쭈뼛대며 손을 입 앞으로 가져가 보니…….

"숨은 쉰다! 괜찮아, 세이프야, 세이프."

'아크' 멤버들은 숨은 쉬고 있지만 허옇게 질린 얼굴로 미동도 하지 않았다.

이건…….

"눈을 뜬 채 기절한 건가?!"

『하아~ 리바이어던을 본 것 정도로 기절하다니, 한심하군.』

페르가 어이없다는 듯이 말했다.

"뭐가 한심하다는 거야! 한심하지 않아! 나도 기절하고 싶을 정도라고!"

『주공, 페르, 바쁜데 미안하네만, 저 녀석은 기다려주지 않을 모양이네.』

리바이어던의 입이 하얗게 빛나고 있었다.

"끄아아아아악, 브, 브레스가아아아아."

『큭, 네가 시끄럽게 굴어서 이렇게 된 거다.』

이게 어떻게 내 탓인데~!

『이번에는 내가 나서는 수밖에 없을 것 같구먼. 드래곤에는 드래곤으로 맞서야지. 드래곤종 최강자가 누구인지 알려주어야겠구나.』

그렇게 말하며 곤 옹은 거대해진 스이의 위에서 날아올랐다.

『치사하다, 곤 옹!』

『네가 우물쭈물거린 탓이 아니냐. 게다가 나도 가끔은 주공에게 멋진 모습을 보여야지. 신참이기도 하니 말이다. 페르여, 그렇게 된 것이니 이번에는 양보하거라.』

『칫, 한 번 빚진 줄 알아!』

폭풍우 속에서 곤 옹이 하늘 높이 날아올랐다.

그리고 상공에서 진정한 모습을 드러냈다.

리바이어던에 뒤지지 않을 만큼 초거대한 검은 용, 에인션트 드래곤.

그야말로 전설이라는 단어에 걸맞은 모습이 그곳에 있었다.

『흥, 가소롭구나.』

곤 옹은 당장에라도 브레스를 쏠 것 같았던 리바이어던에게 날카로운 어퍼컷을 먹였다.

브레스를 날리려고 입을 벌리고 있던 리바이어던의 입이, 이빨과 이빨이 부딪히는 둔탁한 소리를 내며 닫혔다.
그리고 그 거대한 몸뚱이가 해수면에 처박히듯이 등부터 떨어졌다.
텀버어어어어어엉――.
그 영향으로 큰 파도가 밀려든다.
"우왁."
떨어지지 않으려고 거대해진 스이에 매달렸다.
『결계가 있으니 바다에는 안 빠진다.』
페르가 리바이어던과 곤 옹의 싸움에서 눈을 떼지 않고 그렇게 말했다.
『제법인데~ 곤 옹!』
『곤 할아버지, 엄청 세~!』
드라 짱과 스이도 관전 모드에 돌입했다.
"우와와와와와왁."
거대 괴수들이 싸우는 영화 같은 장면이 눈앞에서 벌어지는 바람에 나는 당황해서 쩔쩔맸다.
"쿠와아아아아아아아아악."
곧바로 자세를 바로잡은 리바이어던이 분노에 찬 고함을 터뜨렸다.
『흥, 너는 바다의 제왕일지 모르지만, 나는 육해공을 비롯한 이 세계의 제왕이다.』
곤 옹은 그렇게 말하더니 날카로운 발톱이 돋아난 앞발로 리바이어던의 머리와 가늘고 긴 몸통을 덥썩 붙잡더니 그 목을 물었다.
그리고 있는 힘껏 살을 깨물어서 뜯어냈다.
"쿠와아아아아아아아아아아아아아악."
분노에 찬 고함이었던 것이 이제 비장감이 감도는 비명으로 바뀌었다.
푸른 피를 콸콸 쏟는 리바이어던은 그야말로 겨우 목만 붙어 있는 상태였다.
『맛있는 고기이기는 하지만, 역시 날것보다는 조리한 고기가 더 좋구나.』
짙은 피 냄새가 감도는 가운데, 곤 옹이 느긋하게 씹는 소리를 내며 그렇게 지껄였다.
『흥, 나도 이길 수 있다. 그리고 이 세상의 제왕은 무슨. 내가 더 강해!』
『이야~! 역시 곤 옹이야!』
『곤 할아버지 굉장해~!』
페르, 드라 짱, 스이가 각각 다른 감상을 입 밖에 내는 가운데, 나는 현실 도피를 시작했다.
"하하하, 이건 꿈이야, 분명 꿈일 거라고…………."
파란 피인데 냄새는 우리의 피와 같네, 따위의 지금은 아무래도 좋은 생각들이 머리에 떠올랐다.
나는 트라우마가 될 것 같은 싸움을 억지로 보고 기절해버린 '아크' 멤버들이 진심으로 부러워졌다.

◇ ◇ ◇ ◇ ◇

곤 옹은 리바이어던과의 일전에서 보기 좋게 승리했다.

리바이어던은 숨을 거두었지만…….

"……안 사라지네."

『그러게.』

『이상하네~.』

리바이어던이 죽어서인지, 폭풍우가 내리던 하늘은 거짓말처럼 환하게 개이고 바다도 잔잔해졌다.

그런 가운데, 곤 옹이 단단히 붙들고 있는 리바이어던의 시체는 아무리 시간이 지나도 드롭 아이템으로 변할 낌새가 없었다.

『어이, 설마 저것 자체가 그런 것 아니냐?』

"저것 자체라니?"

『글쎄 저것 말이다.』

그렇게 말하는 페르의 시선 끝에는 초거대한 리바이어던의 시체가 있었다.

"………………. 저게 다? 아니아니아니~ 아무리 그래도 그럴리가 없잖아."

던전이니 드롭 아이템이 나와야지.

애초에 여기까지 오는 동안 쓰러뜨렸던 마물들에서는 다 드롭 아이템이 나왔잖아.

『주공, 페르의 말이 맞을지도 모르네. 내가 젊을 적이니, 아주 먼 옛날 일이네만…….』

곤 옹의 말에 따르면 곤 옹이 젊을 적에 심심풀이 삼아 들어갔던 던전에서 같은 일이 일어난 적이 있다고 한다.

그때까지는 마물을 쓰러뜨리면 드롭 아이템으로 고기 같은 것들이 나왔지만, 최하층의 최종 보스(그 던전에서는 쿠자타라는 거대한 소 마물이었다고 한다)를 쓰러뜨렸더니 그 모습 그대로 남았다는 모양이다.

『뭐야?! 쿠자타라고?!』

쿠자타라는 말에 어째서인지 페르가 흥분해서 물었다.

『어느 던전이었지?!』

페르가 눈을 부릅뜨고서 곤 옹에게 따져 물었다.

『흐음, 어디였더라. ……………………………기억이 안 나는구나.』

맥 빠지는 대답에 모두가 휘청거렸다.

곤 옹, 뜸은 있는 대로 들여놓고 그렇게 대답하다니~.

『칫, 노망이 났군, 영감.』

『뭣, 누가 노망이 났다는 게야!』

『하지만 실제로 기억을 못 하지 않나. 이래서 영감은 안 된다니까.』

『글쎄 깜박한 것뿐이래도.』

『과연 그럴까.』

페르와 곤 옹이 말다툼을 벌이며 눈싸움을 했다.

"자자자, 페르도 곤 옹도 그만 진정해!"

방금 전까지 리바이어던 VS 에인션트 드래곤이라는 거대 괴수

결전 빰치는 싸움을 코앞에서 관전했다고.

난 이제 한계야.

이어서 펜리르 VS 에인션트 드래곤 같은 전투는 보고 싶지도 않아.

『주공, 분명 이 녀석은 쿠자타의 고기가 맛있어서 이렇게 걸고 넘어지는 거네.』

"그럴 줄 알았어."

그렇게 말하며 나는 뚱한 눈으로 페르를 쳐다보았다.

『그, 그 소는 맛있단 말이다. 또 먹고 싶다고 생각하는 게 뭐가 잘못이야.』

뭐가 잘났다고 큰소리야.

뭐, 그건 둘째 치고, 다시 곤 옹이 붙들고 있는 리바이어던에게 시선을 옮겼다.

"역시 드롭 아이템은 안 나오는 것 같네."

우리가 이렇게 한참 동안 대화를 나누었음에도 리바이어던의 시체는 그 상태 그대로 남아 있었다.

페르와 곤 옹의 말대로 역시 이게 드롭 아이템 대신 남은 걸까.

그렇다면…….

"이걸, 가지고 돌아가라고?"

『당연하지. 맛있는 리바이어던의 고기를 두고 갈 수는 없지 않으냐.』

『음. 게다가 말이네, 이만한 크기의 리바이어던은 그리 흔치 않네. 고기도 잔뜩 나올 것 같고 말이야.』

『나, 리바이어던의 고기는 아직 먹어본 적 없어. 무조건 먹을 거야!』
『스이도 먹고 싶어~.』
페르와 곤 옹, 드라 짱과 스이도 당연하다는 듯이 그런 소리를 했지만, 이렇게 큰데?
섬을 한 바퀴 빙 두를 만큼, 그야말로 지금까지 보아온 마물과는 차원이 다르게 거대한 리바이어던을 쳐다보았다.
"내 아이템 박스에 들어갈까?"
그래도 용사 사양이라고 해야 할지, 소환자 사양이라 크기가 상당하기는 한 것 같지만 말이야.
"일단 시험해볼 테니까 곤 옹, 그것 좀 이리로 가지고 와 줘."
『그래, 알겠네.』
곤 옹이 커다란 날개를 퍼덕퍼덕 움직이며 이쪽으로 다가왔다.
"곤 옹, 리바이어던의 머리를 이쪽으로 돌려줘."
으아, 징그러워.
곤 옹의 도움을 받으며 겨우 목이 붙어 있는 상태인 리바이어던의 머리를 아이템 박스에 쑤셔 넣었다.
그러자…….
『들어갔군.』
『들어갔구먼.』
『좋았어! 이걸로 리바이어던의 고기를 먹을 수 있겠어!』
『아싸~!』
그 커다란 리바이어던이 슈륵, 하고 들어가 버렸잖아?

내 물건인데도 이 아이템 박스에는 대체 뭐가 얼마나 들어가는 걸까 싶어서 두려울 정도다.

『좋아, 섬에 상륙한다!』

『어엉!』

『상륙~.』

곧장 섬으로 향하려는 페르, 드라 짱, 스이를 "잠깐 기다려 봐!"라며 제지했다.

"무슨 수로 저기에 상륙하려고?"

눈앞에 있는 것은 울퉁불퉁한 바위가 수직으로 솟아 있는 암벽 섬이다.

『올라가면 되지.』

페르가 아주 당연하다는 듯이 말했다.

"올라가면 된다니……. 평범한 인간이 무슨 수로 올라가냐고!"

저런 걸 올라갈 수 있을 리가 없잖아, 나 원.

게다가 말이야…….

"일단 '아크' 사람들을 깨우고서 이야기해야지!"

『그러고 보니 그 녀석들도 있었지.』

잠깐, '아크' 멤버들을 까맣게 잊고 있었잖아?

절찬 기절 중인 '아크' 멤버들의 어깨를 흔들어가며 말을 걸었다.

"가우디노 씨! 기디온 씨! 시그발드 씨! 페오도라 씨! 일어나세요!"

하지만 '아크' 멤버들은 꿈쩍도 안 했다.

"어라, 안 깨어나네. 그럼 실례 좀 하겠습니다……."

찰싹찰싹, 사람들의 뺨을 두드렸다.

그제야 '아크' 멤버들의 눈에 빛이 돌아왔다.

"헉, 내가 뭘 하고 있었지…?"

"뭐, 뭔가 터무니없는 걸 본 것 같은 기분이 드는데."

"리, 리바이어던, 리바이어던이다아아……."

"아와와와와와."

정신이 든 것까지는 좋았지만 '아크' 멤버들은 창백해진 얼굴로 횡설수설하기 시작했다.

"여러분, 진정하세요!"

그렇게 소리치자 '아크' 멤버들의 시선이 내게로 향했다.

"이제 다 끝났어요. 괜찮다고요."

내가 그렇게 선언하자 '아크' 멤버들은 반신반의하는 얼굴로.

"끝났다고?"

"네."

"그게?"

"네에. 완전히 쓰러뜨렸습니다."

"리, 리바이어던을, 말인가?"

"이쪽에는 에인션트 드래곤이 있으니까요."

"저, 정말로?"

"정말요."

그제야 '아크' 멤버들은 안심한 듯한 표정을 지었다.

"그런고로 섬에 상륙하죠. 저기가 마지막이라니 드디어 지상으로 돌아갈 수 있어요."

"돌아갈 수 있는 건가……."
"드디어……."
"안 죽어서 다행이구먼……."
"지상……."
"그래요, 돌아가죠. 그런고로 곤 옹, 모두를 태워서 섬까지 가 주겠어?"
『알겠네.』
곤 옹이 해수면에 닿을 듯 말 듯할 정도로 하강하자 페르가 가장 먼저 올라탔다.
드라 짱은 스스로 날아갈 모양이다.
나와 '아크' 멤버들은 곤 옹의 두꺼운 뒷발을 타고 등으로 올라갔다.
마지막으로…….
"다들 탔으니까 스이도 어서 오렴~!"
『네~에.』
본래의 크기로 돌아간 스이가 슈륵슈륵 곤 옹의 몸을 타고 올라왔다.
"곤 옹, 부탁할게."
『음.』
곤 옹의 거대한 몸이 하늘을 날아 우리를 단숨에 섬으로 운반했다.
풀 한 포기 돋아 있지 않은, 울툭불툭한 바위투성이인 섬 중앙에 뻥 뚫려 있는 동굴이 보였다.

『저곳인 듯하군.』
동굴 앞에 곤 옹이 착륙했다.
모두가 내리자 곤 옹은 작아졌다.
"그러면, 가볼까."
우리 일행은 동굴로 들어갔다.
전진해서 도착한 작은 돔 형태의 방에는…….
"보물 상자다."
꼴깍, 마른침을 삼켰다.
겉모습은 나무로 된 소박한 상자처럼 생겼지만 상당히 폭이 넓은 것이, 지금까지 보아온 보물 상자와는 어딘가 달랐다.
"함정은?"
『모른다. 귀찮으니 내가 열어주지.』
그렇게 말하며 페르가 능숙하게 앞발로 잠금쇠를 풀고 보물 상자를 열었다.
푸쉬——익.
거무튀튀한 연기가 페르를 감쌌다.
"페르?!"
『괜찮다. 그냥 독가스니까.』
"아니아니아니, 그냥 독가스라니, 괜찮다고 넘길 일이 아니잖아~."
내가 허둥대고 있자 곤 옹이『주공, 녀석에게는 독이 안 통하지 않나』라고 타일러주었다.
이어서 드라 짱도『그래. 가호가 있으니 괜찮다니까. 너랑 나도 있잖아』라고 말했다.

곤 옹과 드라 짱의 말에 나는 냉정함을 되찾았다.

드, 듣고 보니 그러네.

저 거무튀튀한 연기를 보고 당황하기는 했지만, 페르니까.

『주인~ 반짝반짝한 게 잔뜩 들었어~.』

스이는 당황한 나는 아랑곳 않고 이미 페르의 옆에 가서 보물 상자 안을 들여다보고 있었다.

"괜찮은 것 같으니 가보죠."

그렇게 말하자 '아크' 멤버들이 뻣뻣해진 얼굴로 고개를 끄덕였다.

『별것 없군.』

『음. 리바이어던을 쓰러뜨린 보수치고는 보잘것없어.』

『이거 또 황금만 잔뜩 들었네~.』

페르, 곤 옹, 드라 짱의 반응이 처참하다.

뭐어, 확실히 황금에 특화된 듯한 보물 상자이기는 하네.

금화 말고는 황금 팔찌에 황금 반지, 황금 왕관에 황금 술잔 같은 것들이 빽빽하게 들어있다.

그리고 두 갈래로 갈라진 특징적인 창과 낡은 천이 그 황금에 파묻힌 듯이 놓여 있었다.

"꿀꺽……."

"엄청나네……."

"이만큼 많은 금을 본 건 처음이네……."

"황금이 가득해……."

'아크' 멤버들은 보물 상자 안을 보더니 파르르 떨고 있었다.

"으음, 다 같이 나눌까요."

"무슨 소릴 하는 거야, 무코다 씨! 이건 리바이어던을 쓰러뜨린 보수잖아. 우리에게는 받을 권리가 없어."

가우디노 씨가 어쩐 일로 당황한 투로 그렇게 부정했다.

그리고 그 말을 들은 기디온 씨와 시그발드 씨, 페오도라 씨도 몇 번이고 고개를 끄덕였다.

어~ 그런가요?

하지만 까놓고 말해서 금화도 잔뜩 있는 데다, 황금 장식품도 내다 파는 수밖에 없어서 조금 가져가 주시면 고마울 것 같은데.

맞아, 이 창과 낡은 천은…….

몰래 감정을 해보았다.

우선 창부터.

【마창 바이던트】

마력을 실으면 일격필살의 무기가 된다. 히히이로카네제(製).

"푸웁~!"

나도 모르게 이상한 소릴 내고 말았다.

뭐, 뭐, 뭐?

마검만 있는 거 아니었어?

창도 있었던 거야?!

마창?!

『호오, 마창이라. 오랜만에 보는군.』

『마창이라. 이것만은 그럭저럭 괜찮구먼. 주공이 사용하시게나.』
페르도 곤 옹도 괜한 소리하지 말라고.
육성으로 말하면 '아크' 멤버들한테도 다 들리잖아.
봐, '아크' 멤버들이 넋이 나가버렸다고~.
"으음~ 저기, 기디온 씨, 쓰실래요?"
'아크'의 창술가, 기디온 씨에게 슬쩍 그렇게 물었더니 진지한 얼굴로 "농담이라도 그런 말씀은 마시지요"라면서 정중하게 거절했다.
농담이 아니었는데.
이런 건 나 같은 '엉터리 창잡이'가 아니라 제대로 쓸 수 있는 사람이 가지고 있어야 가치가 있다고 생각하는데.
뭐, 어쩔 수 없나.
다음은 낡은 천이다.

【매직 백(대)】
마대(대)가 100개 들어가는 크기의 매직 백. 시간이 경과하지 않는다.

이 낡은 천, 매직 백이었구나.
자세히 보니 주머니 형태로 되어 있다.
아하, 어깨끈이 없는 것뿐이구나.
따로 어깨끈을 달면 충분히 쓸 수 있을 것 같다.
나한테는 아이템 박스가 있고(리바이어던을 넣었는데도 아직

여유가 있는 것 같은 물건이), 매직 백도 몇 개나 가지고 있다.

이건 '아크' 멤버들에게 양보해도 되겠지?

일단 우리 쪽 녀석들한테도 물어볼까.

고기가 아니니 아무래도 좋다고 할 것 같지만.

『저기, 얘들아, 이건 매직 백인데 '아크' 사람들한테 줘도 될까?』

염화로 물어보았지만 역시 반대는 하지 않았다.

"이거, 매직 백 같으니 양보하겠습니다."

페르 일행에게 허락도 받았겠다, '아크' 멤버들에게 그렇게 제안했다.

그러자 네 사람 모두 경직된 얼굴로 '그렇게 값비싼 건 못 받는다'면서 사양했다.

우리는 충분히 많아서 딱히 필요 없는데 말이지.

뭐어, 이제 곧 론카이넨으로 일단 돌아갈 예정이니 그때 다시 이야기를 꺼내봐야지.

일단 지금은…….

보물 상자가 있던 돔 형태의 방을 지나자, 또 다른 돔 형태의 방이 보였다.

그곳의 바닥에는 마법진이 그려져 있었다.

나, 페르, 곤 옹, 드라 짱, 스이, 그리고 '아크'의 멤버 네 명이 마법진 위에 올라갔다.

"좋아, 지상으로 돌아갈까."

『제법 재미있는 던전이었다. 또 와도 괜찮을 것 같군.』

"뭐? 무슨 소릴 하는 거야, 페르. 난 싫어, 이제 두 번 다시는 안 올 거…….”

소름이 돋는 소리를 아무렇지도 않게 하는 페르에게 반론하고자 내뱉은 내 말은 빛을 내뿜는 마법진 속으로 빨려들었다.

◇ ◇ ◇ ◇ ◇

지상으로 나온 우리에게 눈 부신 햇볕이 쏟아졌다.

“크으~ 드디어 돌아왔어! 진짜 햇볕, 최고야!”

『호들갑도 심하군.』

“페르한테는 호들갑을 떠는 것처럼 보이겠지만, 그렇게나 가혹한 던전을 답파하고 나온 거라고. 들뜰 만도 하잖아.”

『흐음, 가혹했던가?』

『아니, 엄청 즐거웠어!』

『재미있었어~!』

그야 너희는 즐거웠겠지.

던전을 실컷 만끽했으니까.

하지만 말이야…….

“살아서, 살아서 돌아왔어…….”

“그래. 안 죽어서 다행이야. 정말 다행이야…….”

“터무니없는 던전이었구먼…….”

“삶은 아름다워.”

당당한 베테랑 모험가처럼만 보였던 ‘아크’ 멤버들이 조용히 눈물을 흘리며 지상으로 돌아온 것을 기뻐하고 있었다.

그 심정, 이해해요.

무진장 공감돼요.

이 던전, 사람한테는 너무 가혹하다고.

우리는 페르, 곤 옹, 드라 짱, 스이가 있어서 어떻게든 할 수 있었지만.

이거, 평범한 모험가들은 거의 입구 근처만 탐험하다 끝날걸.

너무 넓어서 1층의 습지대를 답파하는 데에만도 엄청난 시간과 노력이 필요할 테고.

애초에 함부로 나아가다간 뒤로 돌아갈 수도 없게 돼서 위험한 사태가 벌어질 것 같다.

그렇게 운 좋게 1층을 돌파한다 해도 2층이 그 모양이니.

겨우겨우 1층을 돌파했는데 그 바다가 나타난다면, 절망하다 못해 웃음밖에 안 나올걸.

좌우간 우리 먹보 콰르텟급의 동료가 없으면 앞으로 나아가기도 힘든 던전이라고.

그야말로 악마 같은 던전이라고 표현할 수밖에 없을 정도야.

뭐, 그건 그렇다 치고.

"론카이넨으로 돌아가죠."

나의 그 말에 '아크' 사람들은 고개를 힘껏 끄덕였다.

페르, 곤 옹, 드라 짱, 스이는 아쉬운 눈치였지만, 솔직히 말해서 얼른 이곳을 벗어나고 싶은 마음뿐이었다.

그런고로 우리는 왔을 때와 마찬가지로 다 같이 거대해진 곤 옹을 타고 곧장 귀로에 오른 것이었다.

◇ ◇ ◇ ◇ ◇

하늘 여행이 끝나자, 곤 옹이 날아올랐을 때와 마찬가지로 론카이넨의 교외에 착지했다.

다 같이 차례로 곤 옹의 등에서 뛰어내렸다.

올 때와 달리 기디온 씨와 시그발드 씨도 차분했다.

기디온 씨는 "던전에서 하늘을 나는 것보다 무서운 일들을 연속으로 겪었으니까……"라고 했다.

시그발드 씨도 "이제 와서 이런 걸로는 안 놀라네"라고 말했다.

하지만 그렇게 말할 때, 두 사람은 먼눈을 하고 있었지.

"그럼 도시로 돌아가 볼까."

『아무래도 상관없지만, 우선 밥부터 먹지.』

『음. 배가 고프구먼.』

『맞아~.』

『스이도 배고파~.』

"벌써 시간이 그렇게 됐나~? 빌렸던 집으로 돌아가서…… 가만, 던전에 가기 전에 집을 반납했었지. 다시 빌리기는 귀찮은데……."

애초에 론카이넨에는 이제 볼일도 없고.

『어이, 그러면 여기서 밥을 먹는 건 어떠냐?』

"페르의 말대로 그래도 상관없으려나. 다 먹고 나면 그대로 카레리나로 돌아가는 것도 괜찮을 것 같고. 응, 그렇게 할까."

그렇게 우리끼리는 결론이 나려 하고 있었지만, 옆에서 태클을 걸어왔다.

"아니아니아니, 그건 아니지, 무코다 씨. 우선은 모험가 길드에 들러서 던전에 관해 보고해야 해. 그렇지, 리더?"

"그래. 기디온의 말이 맞을 거야."

"론카이넨의 관할도 아닌, 국외에 있는 던전이었는데도요?"

"그래."

가우디노 씨의 말을 들어보니 모험가가 미발견 던전을 발견했을 경우, 모험가 길드에 보고할 의무가 있다는 모양이다.

이번에 답파한 던전은 소국군(小國群)에 있고, 용병들에게는 알려져 있기도 한 모양이라 완전히 미발견 던전이라고는 할 수 없지만(아마 모험가 길드도 그 존재는 파악하고 있을 거란다. 다만 소국군에는 용병 길드라는 것이 있어 그쪽의 세력이 더 큰 탓에 지금까지 손을 대지 않고 있던 걸 수도 있다는 것이 가우디노 씨의 예상이었다), 답파한 이상 보고는 반드시 해야 할 거란다.

가우디노 씨의 이야기를 들은 나는 어깨를 축 늘어뜨렸다.

하아, 이거 또 론카이넨에 집을 빌려야 하려나…….

보고 같은 건 건너뛰고 이대로 카레리나로 돌아가고 싶다.

솔직히 말하자면 답파 보고는 귀찮단 말이야.

지금까지도 드랭, 에이블링, 브릭스트까지, 우리가 처음으로 답파한 던전에 관해서는 이것저것 보고했는데, 시간도 걸리는 데다 이것저것 질문을 해대서 고역이 따로 없었다고.

질문을 받으면 기억나는 범위에서 최대한 자세히 답해야 하고.

뭐어, 그래도 지금까지 답파한 던전들은 던전 도시에 있어서

꼬박꼬박 보고는 했었지만.

이번에는 던전 도시에 있는 던전도 아닌 데다 국외의, 아무도 살지 않는 장소에 있는 던전이었다고.

그런 귀찮은 일은 안 해도 되겠다 싶었더니만…….

하지만 답파해버렸으니 어쩔 수 없나.

…………아.

답파라는 말이 나와서 말인데, 그러고 보니 우리만 답파한 건 아니잖아.

'아크' 멤버들도 같이 답파했었지.

"가우디노 씨. 저기~ 그 보고란 거, 꼭 제가 해야 하나요?"

"그게 무슨 뜻이지?"

"그게 말이죠, 던전을 답파한 걸로 치면 '아크' 여러분도 마찬가지 아닌가 해서요."

"아아, 따지고 보면 우리도 일단은 답파한 셈이기는 하지."

"그렇죠?! 그래서 말씀인데요, 던전에 관한 보고는 '아크' 여러분께 부탁드리고 싶은데……."

내가 그렇게 말하자 가우디노 씨는 잠시 생각에 잠겼다.

그러더니…….

"받아들이지."

"정말요?! 감사합니다! 그래, 그러면……."

나는 맡아두고 있던 시 서펀트의 드롭 아이템 등을 그 보물 상자에서 나온 매직 백에 담아 건넸다.

"안에 맡아두고 있던 드롭 아이템을 넣어두었습니다. 매직 백은 보고를 대신 해주시기로 한 보수니 부디 사용해주세요."
"아니아니, 보고에 대한 보수치고는 과하잖아."
"아니아니, 받아주세요!"
"아니아니아니, 무코다 씨."
"아니아니아니, 가우디노 씨."
약간의
실랑이를 벌이기는 했지만 어찌어찌 가우디노 씨에게 매직 백을 떠넘기…… 아니, 건네 드리는 데 성공했다.
"그럼 또 보지."
"무코다 씨, 신세 많이 졌어!"
"또 맛있는 술을 맛보게 해주시게, 무코다 씨!"
"또 맛있는 밥을 먹게 해줘."
'아크' 멤버들이 론카이넨으로 향하며 나에게 저마다 말했다.
"네에. 맛있는 술과 밥을 준비해둘 테니 여러분, 부디 카레리나를 찾아주세요!"
그런 말과 함께 손을 흔들며 '아크' 멤버들과 헤어졌다.
『갔나.』
"응."
『좋아, 그럼 밥이다.』
"하여간~ 페르는 맨날 그 소리지! 살짝 이별의 아쉬움을 곱씹고 있었는데."
『배가 고픈 걸 어쩌란 말이냐.』
『주공, 나도 배가 고프네.』

『나도~.』

『스이도~!』

『봐라, 다들 배가 고프다. 어서 준비해라.』

"네에네, 알겠습니다요~!"

녀석들의 재촉에 못 이겨, 만들어서 아이템 박스에 넣어두었던 스테이크 샌드위치를 꺼냈다.

그리고 우리 일행은 스테이크 샌드위치를 배불리 먹고서야 카레리나로 돌아가는 길에 올랐다.

A랭크 파티 '아크'가 론카이넨 모험가 길드에 들어섰다.

주변에 있던 모험가들은 다소 이름이 알려진 그들을 보고 길을 텄다.

'아크' 멤버들은 피곤한 얼굴을 하고서 그대로 접수창구로 향했다.

"우리는 A랭크인 '아크'다. 미안하지만 길드 마스터를 불러주겠나."

리더인 가우디노가 그렇게 말하자 그들을 알고 있던 접수 담당 아가씨는 "네"라고 답하고는 곧장 길드 마스터를 부르러 갔다.

"이야기를 한들 순순히 믿어줄까."

기디온이 녹초가 된 얼굴로 그렇게 중얼거렸다.

"믿든 말든 일단은 우리가 실제로 보고 온 걸 이야기하는 수밖에 없잖나."

평소에는 호쾌하기만 한 시그발드가 피곤한 얼굴로 답했다.

"시그발드의 말이 맞아. 우리는 보고 경험하고 온 것을 그대로 이야기할 뿐이야. 무코다 씨 일행이 함께였잖아. 그것만으로도 어느 정도 신빙성이 생기겠지."

이번 던전 탐색에서 가장 마음고생을 심하게 했다고 해도 과언이 아닌 가우디노가 조용히 말했다.

"우리가 아는 사이라는 건, 모험가 길드도 파악하고 있을 테니까."

늘 길드에 오면 병설된 식당으로 직행할 만큼 식욕이 무엇보다도 우선인 페오도라의 얼굴에도 피곤한 기색이 역력했다.

'아크' 멤버들이 그런 이야기를 하는 동안, 이곳 론카이넨 모험가 길드의 길드마스터인 오슨이 다가왔다.

"이거이거 '아크' 여러분이 아니십니까, 저에게 하실 말씀이 있으시다던데."

"그래."

"그럼 이쪽으로 드시죠."

'아크' 멤버들의 표정을 본 길드 마스터는 그들을 응접실로 안내했다.

◇ ◇ ◇ ◇ ◇

몹시도 무거운 분위기가 감도는 실내.

길드 마스터와 가우디노, 시그발드는 테이블을 사이에 두고 호사스러운 앤틱 의자에 앉았다.

기디온과 페오도라는 길드 직원이 가져온 간이 목제 의자에 앉아 있다.

직원이 우려 온 차로 저마다 목을 축이고 다소 마음을 가라앉힌 참에 길드 마스터가 입을 열었다.

"그래서, 하실 말씀이라는 게 무엇인지?"

질문을 받았지만 '아크' 멤버들은 선뜻 입을 뗄 수가 없었다.

그런 가운데, 리더인 가우디노가 겨우 무거운 입을 열었다.

"소국군에 있는 던전을 답파하고 왔다."

"…………네에?"

아주 뜬금없기 그지없는 선언에 길드 마스터는 엉겁결에 얼빠진 목소리를 내고 말았다.

"길드도 소국군, 이 도시에서 북서쪽에 위치한 국경 인근 황야에 던전이 있다는 사실은 파악하고 있지 않나?"

가우디노의 그 말에 길드 마스터는 필사적으로 기억을 더듬었다.

기억을 더듬다 보니 론카이넨 모험가 길드의 길드 마스터로 갓 취임했을 무렵, 그러한 이야기를 언뜻 들었던 것이 떠올랐다.

"이야기를 들은 적은 있습니다. 하지만 그 던전은 장소가 장소인 탓에, 아무도 손을 대는 사람이 없었다고 들었습니다만……."

"그래. 그곳. 그곳을 답파했다. 증거는 이거고."

가우디노가 무코다에게 받은 매직 백에서, 페오도라가 자신의 아이템 박스에서 던전에서 난 드롭 아이템의 일부를 꺼내 보였다.

레드 테일 카이만의 가죽에 블루 헤드 오터의 가죽, 네온 배지의 깃털, 케토스의 가죽.

그리고 '아크'에게는 이번 여정 최고의 성과라 해도 과언이 아닌(무코다에게 넘겨받은 매직 백을 제외하고) 시 서펀트의 이빨과 마석이다.

그들이 차례로 내놓는 소재들을 본 길드 마스터는 놀란 기색을 감추지 못했다.

"이, 이건!"

모두 다 귀중해서 고가에 거래되는 물건이다.

그리고 이곳, 론카이넨에서는 무슨 짓을 해도 손에 넣을 수 있는 소재가 아니었다.

그런 소재가 눈앞에 있다.

심지어 그걸 입수한 곳이 던전이라고 한다.

던전이 있는 장소는 소국군이지만, 론카이넨에서는 그렇게까지 멀지 않다.

질 좋은 소재의 입수처가 늘어날지도 모른다.

이곳, 론카이넨 모험가 길드가 더욱 발전하는 미래가 머릿속에 그려져서, 길드 마스터는 잔뜩 격양되었다.

그와 대조적으로 '아크' 멤버들은 냉랭한 표정을 짓고 있었다.

그렇게 단순한 문제가 아니란 것을 몸소 체험해 잘 알고 있기 때문이다.

"이만한 물건들을 손에 넣을 수 있다면, 당장에라도 정보를 공개해야……."

"아니, 잠시만."

가우디노가 흥분한 길드 마스터를 제지했다.

"분명 그 던전의 드롭 아이템은 모두 가치 있는 것들이지. 하지만 그 던전에 한 번 더 들어가라고 한다면, 난 사양하겠다."

"나도 마찬가지야. 돈은 벌 수 있을지도 모르지만, 그것도 살아 돌아와야 가능하니까."

"그 던전에서 무사히 살아 돌아오는 모습은 상상도 안 되는구먼."

"우리끼리 들어갔다간 죽기 십상이야."

A랭크 모험가들이 입을 모아 저렇게 말할 정도의 던전이라니…….

자신의 생각처럼 간단한 일이 아님을 깨달은 길드 마스터는 자세를 바로 했다.

"애초에 우리가 그 던전을 답파할 수 있었던 건, 무코다 씨 일행과 동행했기 때문이다."

가우디노가 그렇게 말하자 다른 멤버들도 힘껏 고개를 끄덕였다.

"S랭크인 무코다 씨 말씀입니까. 그러고 보니 당신들과 아는 사이인 듯하더군요."

"그래. 그 덕분에 함께 들어가게 된 건데, 무코다 씨 일행이 없었다면, 우린 그 던전에서 이렇게 살아 돌아오지 못했겠지."

그 후, '아크' 멤버들은 던전에서 있었던 일들을, 어떤 계층이었는지, 어떤 마물들이 나왔는지, 어떻게 대처했는지, 숨기지 않고 상세히 이야기했다.

…………………….

…………….

…….

"하아~……. 광대한 습지대에 광대한 바다라고요……."

"어쩌면 S랭크 모험가라면 1층은 공략할 수 있을지도 모르지. 그것도 오랜 시간이 걸리겠지만. 하지만 2층으로 내려가자마자 바다가 있어. 거대한 외양선이라도 가지고 있지 않은 한 그 망망대해를 나아가는 건 무리야."

가우디노가 그렇게 단언했다.

"게다가 배가 있다 해도, 수많은 마물들이 도사리고 있다고. 금방 침몰당하고 끝일걸."

기디온이 말을 이었다.

"아니아니, 그러기 전에 바다를 보자마자 망연자실할 걸세. 그렇게 된다 해도 1층의 습지대를 다시 지나야만 던전 밖으로 나올 수 있고. 전진을 하건 뒤로 돌아가건 지옥뿐인 게야."

시그발드도 그렇게 말을 이었다.

"지옥으로 가는 계단인가? 하하하."

기디온이 없는 힘을 쥐어짜서 농담을 했지만 시그발드가 얼굴을 찌푸리며 "맞는 말이라 웃음도 안 나는구먼"이라고 대꾸했다.

"지옥이라는 것도 아주 틀린 말은 아니야. 그런 던전을 평범한 모험가들이 답파하는 건 무리. 개죽음당할 뿐이야."

어쩐 일로 페오도라도 그렇게 역설했다.

"솔직히 말해서 그곳을 공략할 수 있는 건 무코다 씨 일행 정도뿐일 걸. 펜리르와 에인션트 드래곤, 그 외에도 강한 사역마들을 거느리고 있는 모험가가 또 있다면 이야기가 달라지겠지만."

깊은 한숨을 내쉬며 가우디노가 말했다.

그러자 '아크' 멤버들이 연신 고개를 주억거리며 동의했다.

"좌우간 카리브디스며 리바이어던 같은 괴물까지 나오니까……."

"아니, 기디온, 그보다 전인 1층에서 어쌔신 재규어 같은 게 나오니 그 시점에서 끝장 아닌가."

"시그발드도 틀렸어. 거기까지 가기 전에 죽어."

페오도라가 냉정하게 딴죽을 걸자 기디온과 시그발드는 납득했다는 얼굴로 ""듣고 보니……""라고 중얼거렸다.

한편, 길드 마스터는 동화에나 나올 법한 마물들의 이름을 듣고는 뺨을 씰룩거리고 있었다.

"저, 정말로 카리브디스와 리바이어던 같은 게 나왔습니까?"

"뭐, 그 마물들의 이름을 들으면 의심할 만도 하지만, 사실이다."

"이제 와서 거짓말을 해서 뭐 하겠어."

"뭐, 쓰러뜨린 건 당연히 무코다 씨 일행이었지만 말이네."

"드롭 아이템도 저쪽이 챙겼어."

"그, 그렇습니까."

"확인을 하고 싶다면 무코다 씨는 본거지인 카레리나로 돌아가겠다고 했으니, 그쪽 길드에 부탁해보지 그러나."

"그렇게 하도록 하겠습니다……."

"우리는 의무에 따라 보고하러 온 것뿐이야. 다만 개인적으로 그 던전에 관한 정보는 공개해서는 안 된다고 생각해."

"나도 마찬가지야."

"내 생각도 같네."

"나도."

'아크' 멤버들은 그 던전을 경험했기에 그렇게 생각했다.

"뭐, 그에 관한 판단은 길드에 맡기지. 일개 모험가의 말 몇 마디에 판단을 번복하지는 않을 테니. 하지만 그 던전에 관한 정보를 공개하겠다면, 그곳으로 간 모험가가 한 사람도 돌아오지 않는 사태를 각오해야 할걸."

가우디노는 그렇게 말하더니 다른 멤버들을 재촉해서 방을 뒤로했다.

모험가 길드를 나선 '아크' 멤버들은 거리로 나왔다.

"정보 공개, 할 것 같은가?"

"글쎄. 우리가 할 수 있는 일은 했잖아."

"그렇긴 하지. 이 이상 무엇을 할 수 있겠나."

"근데 말이야, 마지막에 리바이어던이 나왔을 때는 진짜 쫄았다고. 부끄럽게도 기절해버렸어."

"나도야……."

"나도 마찬가지네. 리바이어던이란 놈이 그렇게나 클 줄은 꿈에도 몰랐으니 말이야."

"나도 정신을 잃었어. 하지만 그건 어쩔 수 없는 일이었어."

네 사람은 고갯짓을 주고받으며 그런 소리를 했다.

"사실대로 말하자면, 무코다 씨를 따라가는 것도 재미있지 않을까 싶었어. 수입도 짭짤할 것 같고."

기디온이 그렇게 말하자 가우디노도, 시그발드도, 페오도라도 "나도 그런 선택지도 괜찮겠다고 생각했지" "나도 나쁘지 않겠다고 생각했었네" "나도. 무엇보다 맛있는 밥을 먹을 수 있으니까"라며 같은 생각을 했다고 고백했다.

"하지만 말이야, 리바이어던을 보자마자 그런 생각이 싹 사라지더라고."

"그러게 말이네. 그런 걸 상대할 바에는 수입은 그저 그렇더라도 지금처럼 지내는 게 훨씬 나아."

"게다가 우리가 위험에 빠지면, 분명 펜리르와 에인션트 드래곤은 구해주지 않을 거야."

"펜리르 님에게나 에인션트 드래곤 님에게나 무코다 씨 이외의 인간은 날벌레나 다름없을 테니까……."

공교롭게도 가우디노의 생각이 맞았다.

결국 페르와 곤 옹이 인정한 인간은 무코다뿐이기 때문이다.

"뭐, 우리는 지금까지 했던 것처럼 착실하게 벌어 나가자고. 역시 그게 제일일 거야."

"그러는 게 우리 분수에 맞을 게야."

"맛있는 밥이 아쉽기는 하지만, 안전이 제일이야. 손주를 못 만나게 되면 죽어서도 눈을 못 감을 테니까."

"훗……. 그렇지."

이후, 모험가 길드는 소국군에 있는 던전에 관한 정보 공개를 보류하기로 결정했다.

“있잖아~ 아무리 생각해도 무리야~.”

『흠, 모르는 일 아니냐.』

“아니아니아니, 이전에 어스 드래곤(지룡) 해체해달라고 했을 때도 거절당했잖아.”

『흐으음…….』

어스 드래곤 때의 일이 떠올랐는지 페르가 콧등을 잔뜩 찌푸리며 떨떠름한 표정을 지었다.

“그나마 가능성이 있는 건 엘랑드 씨가 아닐까. 부탁하고 싶지 않지만.”

드래곤에 미친 엘랑드 씨라면 좋아라고 받아들여 줄 것 같지만, 그 사람을 만나러 가는 건 좀…….

『엘랑드라면, 그 시끄러운 엘프 말이냐.』

페르가 그렇게 말하자 곤 옹과 드라 짱이 있는 대로 표정을 구겼다.

『그 엘프를 만나러 가는 건 사양하고 싶네. 불쾌하기 그지없으니.』

『나도 단호히 거부하겠어!』

곤 옹이랑 드라 짱이 제일 피해를 많이 입었으니 그럴 만도 하지.

“엘랑드 씨를 찾아갈 게 아니면, 당분간은 아이템 박스에 보관해 둬야 할지도 몰라.”

『크윽.』

그런 대화를 염화로 나누며 우리 일행은 거리를 걸었다.

우리 일행은 어제 중에 카레리나로 돌아왔다.

폐문 시간 직전이었지만 곤 옹의 기동력 덕분에 어찌어찌 안 늦었다.

피곤하기도 해서(뭐, 피곤했던 건 나뿐이었을지도) 우리 식구들한테 가볍게 인사만 하고 먹보 콰르텟의 밥을 챙겨준 다음에 목욕을 하고서 곧장 곯아떨어졌다.

오랜만에 침대에 누우니 천국에 온 것 같아서 거의 눕자마자 푹 잠들었지.

다음 날에는 먹보 콰르텟에게 아침밥을 먹이고 느긋하게 쉬다가 모험가 길드로 향할 예정이었다.

일단은 돌아왔다는 보고를 해야 하니까.

뭐, 급한 보고는 그것뿐이라 경우에 따라서는 오후에 가도 되지 않을까 생각하고 있었는데…….

페르와 곤 옹, 드라 짱과 스이까지 『리바이어던, 리바이어던』하고 난리를 치며 재촉해대는 바람에.

어쩔 수 없이 일찌감치 집을 나섰던 거다.

그렇게 서두에서 나눈 이야기로 이어지게 되는데.

『주공, 그럼 리바이어던은 못 먹는 것인가?』

"해체를 못 하면 못 먹는 거지."

『뭐어~? 엄청 기대하고 있었다고~!』

『스이도 리바이어던이라는 거 먹어보고 싶어~.』

"그런 소릴 한들."

『이, 이야기해보기 전에는 모르는 일 아니냐. 어쩌면 가능할지도 몰라.』

"뭐, 페르가 정 그렇다면 말은 해보겠지만, 너무 기대하지 마."

그러다 보니 모험가 길드에 도착했다.

평소처럼 다 같이 안으로 들어가자…….

"자네들, 이제야 왔군."

길드 마스터가 팔짱을 낀 채 떡 버티고 서서 우릴 기다리고 있었다.

"왜, 왜 그러세요?"

"왜 그러기는! 자네들 이리 좀 와 봐!"

퍼런 핏대를 세운 채 엄청 험악한 분위기를 풍기는 길드 마스터에게 압도되어 말없이 익숙한 창고로 연행되었다.

요한 아저씨의 모습도 보였다.

"자네들, 대체 무슨 짓을 한 거야!"

길드 마스터가 험악한 얼굴로 그렇게 호통을 쳤는데, 짚이는 바가 너무 많았다.

"그, 그게에……."

"자네, 론카이넨에 간다고 했지?"

움찔.

"네, 네에, 뭐어."

무, 물론 론카이넨에도 갔지.

"그러면 말이야, 왜 르바노프 신성왕국 방향으로 향하는 블랙 드래곤을 목격했다는 보고가 이렇게 많이 들어오는 건데? 어엉~?"

아니, 저기, 저는 '론카이넨 외'라고 말씀드렸잖아요.
"여러 도시에서 아주 난리가 났다고! 우리 쪽에도 문의가 산더미처럼 밀려들었고!"
죄, 죄송함다…….
"게다가 말이야, 르바노프 신성왕국에 있는 총본산 교회를, 박살을 냈다지이~? 펜리르와 에인션트 드래곤이 말이야~."
"그, 그, 그, 그랬나요?"
땀이 끊임없이 흐른다.
"그랬나요는 무슨! 펜리르와 에인션트 드래곤이 콤비를 이루고 있는 건 자네 일행밖에 없잖아!"
『이것 봐, 나도 있다고!』
『스이도 있어!』
드라 짱이랑 스이, 너희 목소리는 길드 마스터한테는 안 들리니 좀 조용히 있으렴.
"어, 아니, 그건, 그게, 저, 저희 말고도, 있을지도 모르잖아요."
궁색한 변명을 내뱉자 길드 마스터가 눈빛만으로 사람을 죽일 듯한 눈으로 나를 쏘아보았다.
"그런 게 있을 리가 없잖나!"
딱 잘라 말하는 바람에 순간적으로 몸이 움츠러들었다.
직접 손을 댄 페르와 곤 옹은 평소처럼 딴청을 피우고 있다.
페르 너, 느긋하게 턱 아래나 긁을 때가 아니라고!
곤 옹도 대놓고 입이 찢어질 듯이 하품하지 말고!
나 몰라라 하는 페르와 곤 옹을 나는 원망스러운 눈으로 쳐다보았다.

“뭐어, 그 재수 없는 르바노프교의 총본산 교회가 박살난 건, 속이 후련하긴 해. 그에 관해서는 불평할 게 없어.”

휴우.

“하지만 말이야, 왜 론카이넨 모험가 길드에서 자네들이 소국군에 있는 던전을 답파한 게 맞느냐는 문의가 오느냐는 말이야.”

잠깐마아아안!

‘아크’ 사람들이 잘 설명해주기로 한 거 아니었어?!

그러겠다고 해서 맡긴 건데!

가우디노 씨, 어떻게 된 거예요~.

“어쨌든 무슨 일이 있었는지 이야기해보게! 하나도 빠뜨리지 말고!”

“네, 네에에에에.”

◇ ◇ ◇ ◇ ◇

우리 앞에는 녹초가 된 길드 마스터와 요한 아저씨가 있었다.

요한 아저씨는 길드 마스터가 “자네도 같이 좀 들어”라면서 끌어들였다.

둘 다 하얗게 불탄 재처럼 되었다.

“자네들, 정말 터무니없구만…………”

“저까지 같이 취급하지 마세요. 저는 말렸다고요. 그런데 이 녀석들이 멋대로…….”

"무슨 소릴 하는 거야! 전부 자네 사역마잖나!"
"아니, 그건 그렇지만. 다들 던전을 너무 좋아하다 보니……."
그쪽으로는 아무리 말려도 말을 안 듣는다고요.
『던전은 재미있으니까!』
『던전 즐거워~.』
드라 짱이랑 스이는 앞으로도 갈 생각으로 가득한 것 같네.
『던전에 들어간 게 뭐 어때서. 딱히 너희에게 민폐를 끼친 것도 아닐 텐데.』
페르가 그렇게 말했다.
『그러게 말이다. 아닌 게 아니라 너희는 가지고 나온 소재로 득을 보고 있지 않으냐?』
곤 옹도 육성으로 말했다.
"아니 뭐, 그런 면도 없지 않아 있지만. 이곳저곳 들쑤시고 다니면 우리도 여러모로 입장이……."
모험가 길드 차원에서 대처하기가 힘들다는 뜻일 거다.
하지만 우리 쪽 녀석들의 던전을 사랑하는 마음은 수그러들 것 같지가 않단 말이지.
제일 큰 피해자는 나라고요.
"맞아, 드롭 아이템 매입하실래요?"
"어떤 게 있지? 일단 보여나 줘보게."
"그게……."
아직 정리는 안 됐지만 일단 그 던전에서 주운 것(당연히 고기 이외의 것만)을 순서대로 꺼내기 시작했다.

물론 위험할 것 같은 물건, 카리브디스의 보물 상자(그 안에 들어있던 이 세계에서는 아주 귀중한 보석이라는 펄(진주)이 잔뜩 사용된 티아라가 심상치 않았으니까)와 현자의 돌, 그리고 마창 바이던트는 제외하고.

우선 레드 테일 카이만의 가죽에 이빨들.

그리고 엠페러 도라도의 보물 상자에 들어있던 황금 비늘과 자잘한 에메랄드와 루비, 헌터 그린 아나콘다의 가죽, 킬러 터마이트의 턱 여러 개, 킬러 터마이트의 개밋둑에서 나온 화이트 오펄 몇 개, 빅 바이트 터틀과 자이언트 바이트 터틀의 등껍질, 어쌔신 재규어의 모피와 마석.

그밖의 자잘한 것들을 차례로 내놓았다.

"1계층에서 나온 건 이 정도입니다."

""1계층?!""

길드 마스터와 어느샌가 부활한 요한 아저씨가 동시에 말했다.

"1계층이라니, 이게 다가 아니라고……?"

놀란 얼굴로 길드 마스터가 그렇게 말을 이었다.

요한 아저씨는 입을 쩍 벌린 채 아무 말도 하지 못했다.

"절반 정도랄까요. 그 밖에도 고기 같은 게 제법 나왔지만, 그건 왜, 저희가 먹을 거라."

절반이라고 했지만 2계층의 드롭 아이템은 거물급이 많단 말이지.

"계속 꺼내겠습니다."

2계층의 첫 번째 드롭 아이템은 케토스의 가죽이다.

그 기분 나쁜 모습을 생각하면 건드리고 싶지도 않지만 어쩔 수 없다.

그리고 주된 드롭 아이템으로 카리브디스의 이빨과 마석(초특대), 초거대 상어 이빨과 마석(그럭저럭 큰), 페르 일행이 동굴에서 가져온 보물 상자에 들어 있던 보석이 장식된 미스릴 단검과 굵직한 다이아몬드 열 개, 상어 가죽 여러 장에 시 서펀트의 이빨이며 가죽들…….

"그만 됐네."

"네?"

"그만 됐다고! 이 창고를 자네 드롭 아이템으로 가득 메울 셈인가?!"

"아니, 하지만 보여 달라고 하신 건 길드 마스터였잖아요."

"한도라는 게 있잖나! 적당히 해야지!"

"아직 한참 남았는데……."

크라켄과 아스피도켈론의 마석이라든가, 머더 시 타이틀의 등껍질이라든가. 그 밖에도 자잘한 것들이 꽤 많은데.

"내놓은들 전부 매입할 수 있을 리가 없잖나! 나 원 참, 우리 길드를 파산시킬 셈이야?"

그럴 생각은 없지만, 걸리적거리니 매입해주면 좋겠다고는 생각했다고나 할까.

"우리 쪽에서 필요한 건……."

모험가 길드에서 매입해준 것은 레드 테일 카마인의 가죽과 이빨, 엠페러 도라드의 마석, 킬러 터마이트의 턱, 빅 바이트 터틀과 자이언트 바이트 터틀의 등껍질, 케토스의 가죽, 초거대 상어의 이빨, 상어 가죽, 시 서펀트의 이빨과 가죽 3분의 1이었다.

길드 마스터의 말에 따르면 "자네한테 영향을 받은 건지, 이 도시에서는 출세 좀 해보겠다고 호기를 부리는 모험가들이 늘어서 말이네. 무기와 방어구의 소재 수요가 급등하고 있어"라고 한다.

"그럼 매입금은 계산해서 사흘 후까지 준비해두겠네."

"알겠습니다. 사흘 후에 가지러 올게요."

길드 마스터와의 대화가 끝난 참에 페르가 나를 쿡 찔렀다.

"왜?"

『그건 안 물어보는 거냐?』

"그거라니?"

『잊은 거냐? 리바이어던 말이다, 리바이어던!』

"아, 그랬지. 저기~."

길드 마스터와 요한 아저씨에게로 고개를 돌려보니 두 사람 모두 표정이 뻣뻣해져 있었다.

"자, 자네, 설마 리바이어던을 매입해달라는 건 아니겠지?"

"아, 아니이, 아무리 그래도 그건 좀."

선수를 치듯 물은 길드 마스터에게 그렇게 대꾸했다.

우리의 목적은…….

"왜 날 쳐다봐! 해체도 안 돼! 할 수 있을 리가 없잖아!"

역시 안 되는 건가아.

"페르, 곤 옹, 드라 짱, 스이, 안 된대~."

먹보 콰르텟이 고개를 푹 숙였다.

『리바이어던은 맛있건만…….』

『못 먹는 겐가…….』

““먹을 셈이었어?!””

또다시 길드 마스터와 요한 아저씨가 동시에 외쳤다.

“아니, 뭐, 맛있다잖아요. 페르랑 곤 옹이 아주 역설을 하더라고요.”

내가 그렇게 답하자 두 사람 모두 어이가 없다는 듯 한숨을 내쉬었다.

“그보다 자네, 이럴 때야말로 임금님께 헌상을 하는 게 좋지 않겠나?”

길드 마스터의 말을 들어보니, 르바노프 신성왕국의 총본산 교회가 박살난 일로 인해 르바노프 신성왕국이 이 나라에 항의를 해대고 있다고 한다.

르바노프교를 싫어하는 임금님이라면 상대도 안 해주겠지만, 민폐를 끼치고 있다는 건 사실이다.

그래서 이럴 때야말로, 라고 하신 거다.

듣고 보니 일리는 있네.

지금 헌상을 하면 ‘그 일은 잘 좀 부탁드리겠습니다’라는 의미가 될 테니까.

“듣고 보니 이번엔 안 하면 안 될 것 같네요. 부탁 좀 드려도 될까요?”

“뭐어, 자네 부탁이라면 가기야 하겠지만, 이왕 부탁을 할 거면 한 번 정도는 임금님을 알현해두는 게 좋지 않겠나?”

"네에~?"

높은 사람이랑 만나는 건 귀찮은데.

"자네라면 누군가의 입을 통해 부탁을 받는 것과 본인에게 부탁을 받는 것 중, 어느 쪽이 기분이 좋겠나?"

듣고 보니 또 그러네…….

역시 한 번 정도는 만나두는 편이 향후를 위해서라도 좋으려나.

"게다가 아까 말한 리바이어던 건 말인데, 왕도에 있는 모험가 길드라면 해체 의뢰를 받아들여줄 지도 몰라."

『좋아, 왕도로 간다.』

『음. 왕도로 가세.』

『왕도로 가자.』

『왕도~.』

"너희들 정말~."

"뭐, 사흘 후에 또 여기 올 것 아닌가. 그때까지 천천히 생각해 봐."

"그러도록 하겠습니다."

페르, 곤 옹, 드라 짱, 스이는 이미 왕도로 가기로 마음을 굳힌 것 같지만 말이지.

나도 길드 마스터의 말은 일리가 있다고 생각하고.

왕도행은 피할 수 없을 것 같네.

하아~ 높은 사람을 만나는 건 귀찮은데.

뭐, 일단 돌아온지 얼마 안 됐으니 당분간은 여기서 느긋하게 쉴 줄 알아!

◇ ◇ ◇ ◇ ◇

"후아아아암."

거실에 있는 의자에 앉아 늘어져라 하품을 했다.

이렇게 멍하니 있는 시간은 최고라니까.

아주 바람직해.

나는 오랜만에 평화로운 휴일을 보내고 있었다.

어제는 모험가 길드에 갔다가 밤에 우리 종업원(노예)들과 '수고했습니다'라는 의미를 담아 잔치를 벌였다.

메인 요리는 카라아게.

페르를 비롯한 먹보 콰르텟이 요청했기 때문이다.

너희는 카라아게가 그렇게 좋냐, 라는 생각이 절로 들었지만 술안주도 되고 아이들도 아주 좋아해서, 잔치 메뉴로 딱이라 채용했다.

요전에 잡은 던전산 자라, 빅 바이트 터틀과 시 서펀트 카라아게를 한가득 만들었다.

물론 술도 어른들이 좋아하는 맥주와 위스키를 잔뜩 준비했다.

거기에 아이야와 테레자도 만든 요리를 가져와서 잔치에 어울리는 호화로운 식탁이 차려졌다.

카라아게에 빅 바이트 터틀이라는 거북이 마물을 사용했다는 말에 우리 식구들도 처음에는 겁을 먹었지만, 먹고 나자 담백하고 감칠맛이 풍부한 그 고기의 포로가 되고 말았다.

겁을 내던 사람들이 맞나 싶을 정도로 팍팍 먹어대더라.

시 서펀트의 고기는 초고급품이라는 사실이 그럭저럭 알려져 있는 모양이라, 특히 전직 모험가들이 "우리 노예들한테 그런 걸 대접해서 어쩌자는 건데!"라면서 야단이었지만, "뭐, 잔뜩 있으니 괜찮아"라고 설득했더니 체념한 듯한 얼굴로 먹었더랬지.

한숨 섞인 목소리로 "그래, 무코다 씨니까"라는 소리도 했지만.

나 참, 실례잖아.

나도 정말 안 되겠다 싶은 건 안 내놓고 먹이지도 않아.

뭐, 그런 식으로 잔치는 화기애애하게 진행되었다.

그러다 내가 자리를 비운 동안 무슨 일 없었냐고 물어보니, 이렇다 할 문제는 없었단다.

하지만 람베르트 씨네 납품하고 있는 상품 쪽에 문제가 있었던 모양이다…….

내가 두고 갔던 재고는 문제가 없었던 듯하지만, 그걸 옮겨 담기 위한 인원이 역시나 부족했던 것 같다.

그 일에 전념하면 집안일에 지장이 생겨서, 람베르트 씨네와의 중개역을 맡고 있는 코스티 군이 그와 관련된 문제를 잘 조율해 줬다는 모양이지만.

코스티 군, 나이스.

그런 식으로 잔치도 무사히 끝났다.

일부 어른들이 밤늦게까지 술판을 벌였던 것 같지만.

"후아아암~."

또다시 늘어져라 하품을 했다.

그나저나 역시 종업원 수가 부족하구나.

나도 일단은 늘리는 걸 염두에 두고 목욕탕 공사를 부탁했던 브루노 씨네에 건물 건축도 의뢰해뒀지만 말이야.

하지만 듣자 하니 공사를 시작하려면 좀 더 있어야 한다는 모양이고…….

뭐, 집이 없으면 종업원을 늘릴 수 없으니 그 일은 일단 보류해야겠네.

그런고로…….

"슬슬 람베르트 씨네 가볼까~."

『흠, 그 가게에 가는 건가. 나도 가지.』

『나도 주공을 수행하도록 할까. 한가하니 말이야.』

『그럼 나도~.』

『스이도 갈래~!』

페르, 곤 옹, 드라 짱, 스이가 신이 나서 함께 가겠다는 소리를 했다.

그런 녀석들을 나는 수상하다는 눈빛으로 쳐다보았다.

"너희, 또 군것질 하고 싶어서 그러지~."

내가 그렇게 말하자 페르와 곤 옹, 드라 짱은 고개를 홱 돌렸다.

스이만은 속 편하게 『많이 먹을 거야~』라면서 통통 뛰었지만.

하아~ 한숨을 내쉬며 '평소랑 같네' 하고 마음을 다잡았다.

"그럼, 가볼까."

나는 페르 일행을 이끌고 람베르트 씨의 가게로 향했다.

람베르트 씨의 가게로 가자, 마침 가게 앞에 나와 있던 람베르트 씨와 마리 씨가 우리를 맞아주었다.

"어머나~! 무코다 님, 드디어 돌아오셨군요~. 자아자, 이리 들어가시죠!"

마리 씨가 만면에 미소를 띤 채 그렇게 말했다.

그러더니 제법 강한 힘으로 내 등을 밀어 가게 안으로 이끌었다.

그런 마리 씨와 당황한 나를, 람베르트 씨는 쓴웃음을 지은 채 바라보고 있었다.

몇 번이나 들어온 적이 있는 가게 안쪽에 자리한 방에서, 테이블을 사이에 끼고 람베르트 씨와 마리 씨 부부와 내가 마주 앉았다.

참고로 동행한 페르, 곤 옹, 드라 짱, 스이는 가게 밖에서 기다리는 중이다.

"납품해주고 계신 비누와 샴푸 등은 입에서 입으로 소문이 퍼져서 아주 잘 팔리고 있답니다~."

마리 씨는 아주 기분이 좋으신지 생글생글 웃으며 그렇게 말했다.

그렇겠죠, 방금 봤을 때도 여성 손님들이 잔뜩 밀려들고 있었으니까요.

"그래서 상의하고 싶은 게 있는데요오~……."

"양을 늘리는 건, 지금은 살짝 무리입니다."

마리 씨가 무슨 말을 하려는 건지 대충 상상이 되어서 선수를 쳐서 견제했다.

지금도 일손이 부족한데 이 이상은 무리라고.

우리가 무슨 악덕 기업도 아니고~.

"아뇨아뇨, 그게 아니고요. 물론 상황이 되면 그렇게 하고 싶기는 하지만요."

흠, 우리 쪽 사정은 코스티 군을 통해 마리 씨에게도 전달된 것 같네.

"제가 상의하고 싶은 건……."

그렇게 말하며 마리 씨가 테이블 위에 놓여 있던 장식된 예쁜 상자에 손을 댔다.

저 상자는 뭘까 궁금하기는 했는데.

"이것에 관해서랍니다!"

상자에서 나온 것은 눈에 익은 병이었다.

"그건……."

"네! 무코다 님께서 주신, 얼굴에 바르는 크림이에요!"

만면에 미소를 띤 마리 씨가 반짝반짝…… 아니, 번쩍번쩍하는 눈빛을 머금은 채로 말했다.

"아주 멋진 물건이더라고요! 무코다 님이 알려주신 대로 세수를 한 후에 이걸 발랐더니 다음 날 아침에 피부가 아주 그냥!"

마리 씨가 자신의 뺨에 손을 댄 채 황홀한 표정을 지었다.

그런 마리 씨의 옆에서 람베르트 씨가 뭔가를 체념한 듯이 고개를 가로젓고 있다.

"10대, 아니, 그 시절과 비교해도 손색이 없을 만큼 피부가 아주 매끈매끈해졌지 뭐예요~! 세월이 갈수록 신경이 쓰였던 잔주름도 어느샌가 말끔하게 사라져서, 저는 이제 이 크림 없이는 못 살 것 같아요!"

남의 부인을 뚫어져라 쳐다보려니 좀 그랬지만, 확실히 마리 씨의 피부가 이전보다 깔끔해졌다.

"그래서 말인데, 제발 부디, 이 크림을 저희 상회에 팔아주셨으면 해요!"

컥…….

마, 마리 씨, 눈이, 눈빛이 장난 아니거든요?!

그 눈이, 절대로 놓치지 않겠다고 말하고 있잖아요!

"무코다 씨, 저도 부탁드립니다. 마리의 피부를 본 상인의 부인들에게도 문의가 쇄도해서……. 그리고 그를 통해 소문이 퍼졌는지 귀족 부인들께서도……. 특히 백작님의 부인과 영애께서 아주 열렬하게 문의를 하고 계셔서 말입니다……."

그렇게 말하는 람베르트 씨의 얼굴은 핼쑥해져 있었다.

문의라는 이름의 격렬한 추궁을 받고 있는 거군요.

이해합니다.

으음~ 납품하는 건 문제가 아니지만…….

지금도 버거운데 이 이상 일감을 늘릴 수도 없는 일이고.

하지만 이 자리에서 못 판다고 해봐야 마리 씨가 놓아줄 것 같지도 않고…….

좋아, 그럼 일단은 수량을 한정해서 납품하자.

"그럼 말이죠, 효과가 탁월하다 보니 많이 준비할 수 있는 물건이 아니거든요. 그러니 일단 100개 정도만……."

"꺄악~! 정말인가요, 무코다 님! 감사합니다, 감사합니다아아아!"

마리 씨가 망가졌다.

뭔가, 당장에라도 덩실덩실 춤을 출 것처럼 기뻐하고 있는데.

"감사합니다, 무코다 씨."

……람베르트 씨, 눈물 닦으세요.

나는 두 분의 모습에 살짝 뺨을 씰룩거리며 향후 예정에 관해서도 전달했다.

"아, 그리고 말이죠, 전혀 손에 넣지 못할 정도는 아니지만, 앞으로는 일정 수량이 손에 들어오면 납품하게 해주세요."

그렇게 전달하자 마리 씨는 또다시 환호성을 질렀다.

이곳에 온 본래의 목적은 아직 말도 못 꺼냈는데, 무진장 피곤해졌어…….

◇ ◇ ◇ ◇ ◇

마리 씨의 분위기에 내내 압도되어 있다가 대접받은 차를 마시며 한숨을 돌렸다.

오, 여전히 여기서 내주는 차는 맛있네.

꼴깍꼴깍 차를 마시며 피로감도 달랬겠다 본론을 꺼내야지.

"람베르트 씨에게 드릴 선물이 있습니다. 그리고 부탁드리고 싶은 일도 있는데……."

그렇게 말하며 아이템 박스에서 선명한 녹색을 띤 가죽을 끄집어냈다.

"으음, 분명, 헌터 그린 아나콘다였나? 그것의 가죽입니다."

그 던전에서 나온 드롭 아이템이다.

람베르트 씨의 가게에서도 이렇게까지 선명한 녹색을 띤 가죽은 본 적이 없어서 좋은 선물이 되겠다 싶었거든.

그리고 우리 종업원들한테도 이걸로 소품을 만들어달라고 해서 그걸 선물하고 싶기도 하고.

"무, 무, 무코다 씨이이이이!"

어째서인지 람베르트 씨가 필사적인 얼굴로 내 이름을 불렀다.

"어머어머."

마리 씨는 난감하게 됐다는 듯 쓴웃음을 지었다.

"무코다 님, 저는 가게에 가득한 손님들을 상대해야 하니 이쯤에서 실례할게요."

"네. 마음 쓰시지 마세요."

마리 씨의 미용제품 코너는 엄청 번창하고 있었으니까.

게다가 여성 손님들도 진지해서 이것저것 물어보며 상품을 골라 구입하고 있는지, 그 코너의 점원분들(참고로 다들 여성이었다)은 무진장 바빠 보였다.

그런데 승낙한 나와 달리 람베르트 씨가 "마리~" 하고 자리를 뜨는 마리 씨를 애절하게 불러 세웠다.

람베르트 씨, 마리 씨와 떨어지는 게 싫다고 너무 속박하면 미움을 살걸요.

사실은 리얼충 멸망하라고 하고 싶지만(마음의 목소리).

"여보, 무코다 님을 잘 대접해드리세요."

생긋 웃는 얼굴로 그렇게 말하더니 마리 씨는 자신에게 매달리

는 람베르트 씨를 떼어놓고 방을 나섰다.

눈앞에 있는 통통한 몸집에 사람 좋아 보이는 람베르트 씨를 바라보았다.

하아, 이름난 상인이라고는 해도 누구의 눈에도 '아저씨'라고 불릴 나이로 보일 듯한 람베르트 씨에게 저렇게 젊고 예쁜 부인이 있다는 게 신기하단 말이지.

역시 돈인가? 돈 때문인가?

근데 돈이라면 나도 있잖아.

왜 만남 자체가 없는 거지?

원래 있던 세계에서도 이성과의 만남이 없었으니, 이쪽에서는 있으면 어디 덧나냐고.

"……나 원, 나더러 어쩌라는 거야. 무코다 씨가 세상 물정을 몰라도 너무 모른다는 걸, 어떻게 전하면 좋을지 모르겠다고(소곤)."

"응? 람베르트 씨, 무슨 말 하셨나요?"

람베르트 씨에 대한 원망을 속으로 늘어놓다 보니 무슨 소리를 하는지 잘 못 들었네.

"아니, 아무것도 아닙니다. 하아~."

아니아니, 뭔가요, 마지막의 그 한숨은.

한숨 쉬고 싶은 건 이쪽이거든요?

"무코다 씨."

"네."

"아무리 그래도 이 가죽은 받을 수 없습니다."

"네? 어째서죠? 기껏 선물로 드리려고 가져왔는데. 게다가 부탁드리고 싶은 것도 있고요……."

내가 그렇게 말하자 람베르트 씨가 진지한 얼굴로 이쪽을 쳐다보았다.

"무코다 씨, 잘 들으십시오. 이 헌터 그린 아나콘다의 가죽은 선뜻 선물이라면서 건네도 될 물건이 아닙니다. 매우 값어치가 있는 물건이라 작년에 왕도에서 열린 경매에서는 금화 천 닢에 가까운 값이 붙었을 정도입니다."

"금화 천 닢, 이라고요?"

"그렇습니다. 심지어 흠집이 많았는데도 말이죠. 작년의 경매에는 저도 참가해서 실물을 보았거든요."

"흠집이 많았다고요……?"

내가 꺼내고 있던 헌터 그린 아나콘다의 가죽을 빤히 쳐다보았다.

……이 가죽에는 흠집 하나 없는 것 같은데.

"보시면 아시겠지요? 이 가죽은 흠집 하나 없이 말끔한 상태니, 적어도 금화 천 닢을 웃도는 가치가 있다는 뜻입니다."

"아니, 그게……."

무슨 말씀이 하시고 싶은지는 알겠다.

하지만 나는 이 가죽에 이용 가치를 그다지 못 느낀다고.

아닌 게 아니라 내다 파는 수밖에 없는데, 페르 일행이 시도 때도 없이 마구 돈을 벌어다 줘서 지금은 돈 걱정을 할 일이 없다.

때깔 좋은 가죽이라 람베르트 씨에게 줄 선물로는 딱이라고 생각했는데 말이지…….

"잘 들으십시오, 무코다 씨. 저는 그러한 물건을 선물로 준다고

'네, 그렇습니까' 하고 받을 만큼 후안무치하지 않습니다."
"하지만 부탁드리고 싶은 일도 있어서……."
나를 타이르듯이 말을 건네는 람베르트 씨를 흘끔거리며 조금씩 저항을 시도해 보았다.
"하아~……. 그 부탁하고 싶다는 일은 이 가죽과 상쇄할 수 있을 정도로 어렵습니까?"
"그건, 그게……."
"무코다 씨."
"으음, 그게, 이, 이 가죽으로 만든 소품을 우리 식구들에게 선물로 주려고 하는데……."
"하아~……."
저기, 이봐요, 람베르트 씨.
한숨을 내쉬며 고개를 가로저을 필요까진 없잖아요.
"식구라는 건, 무코다 씨네 노예들을 말씀하시는 거죠?"
"네. 다들 제 소중한 종업원이니까요."
우리 종업원들이 없었다면 지금처럼 마음 내키는 대로 여행을 다니는 생활은 성립되지 않았을 테니까.
식구들이 있기에 안심하고 곳곳으로 돌아다닐 수 있는 거다.
우리 종업원들은 내게 꼭 필요한 사람들이다.
"노예에게 헌터 그린 아나콘다의 가죽으로 만든 소품을 선물하려 하는 건, 무코다 씨 정도뿐일 겁니다……. 하하하."
람베르트 씨, 헛웃음 섞인 투로 그렇게 말하지 마세요~.
"그래서 더더욱 소품 제작을 부탁드리고 싶습니다."

"……하아~. 알겠습니다. 받아들이지요. 그리고 남은 가죽도 저희가 매입하도록 하겠습니다. 헌터 그린 아나콘다의 가죽은 쉽게 만날 수 있는 물건이 아니니까요. 기회가 온 김에 손에 넣도록 하지요. 하하하하하하하하."

……람베르트 씨, 자포자기한 거예요?

그 후, 헌터 그린 아나콘다의 가죽에 금화 1200닢을 내겠다는 람베르트 씨와 소품을 제작할 가죽만큼은 제해야 하니 그보다 덜 받겠다는 내 의견이 충돌했지만, 소품을 만들 가죽과 수고비를 제하고 금화 600닢으로 하자는 내 의견이 채용되었……다기 보다는 내가 밀어붙였다.

하지만 람베르트 씨는 아직 납득하지 못한 눈치였다.

"정말 이 값에 팔아도 괜찮으시겠습니까……."

"파는 제가 괜찮다면 괜찮은 거죠!"

이건 양보 못 합니다.

애초에 선물로 가져온 건데 금화를 들고 돌아가게 된 제 입장도 생각해 보시라고요.

폼이 안 나잖아요.

나 참, 소품 이야기로 넘어가야지!

"그래서 말인데요, 이 가죽으로 만들어주셨으면 하는 소품을 말씀드리자면, 지갑을 부탁드리고 싶습니다. 그래서 말인데……."

저는 생각했던 바를 람베르트 씨에게 이야기했다.

이쪽 세계에서 이 가게에서도 팔고 있는 가죽 지갑을 가지고 다니는 건 돈깨나 있는 사람들뿐이다.

평범한 모험가나 마을 사람들은 마대에 넣어 다닌다.

심지어 두루주머니처럼 끈을 넣은 건 그나마 고급스러운 편이고, 주머니 형태의 마대에 동전을 휙 넣고 입구를 접는 방식으로 사용하는 경우가 대부분이다.

당장 우리 종업원들도 그러한 지갑을 쓰고 있었다.

그걸 본 나는 '저건 좀 아닌데'라고 생각했었고, 그래서 이번에 지갑을 제작해 주십사하게 된 건데, 이왕 지갑을 만들 거면 쓰기 편하게 만드는 게 좋지 않을까 싶었다.

그럴 만도 한 것이, 이쪽 세계의 지갑은 입구가 단추식으로 되어 있거나 벨트식으로 되어 있어서 동전을 넣고 빼는 게 은근히 귀찮단 말이지.

익숙해지면 딱히 신경은 안 쓰이지만.

사실대로 말하자면 그런 이유 때문에 이곳에서 이전에 샀던 지갑도 별로 안 쓰고 있단 말이지.

그래서 나는 생각했다.

물림쇠가 있는 지갑을 만들면 편리하지 않을까?

똑 하고 열고 딱 하고 닫는 거다.

물림쇠 주머니만큼 동전을 넣는 데 최적화된 지갑도 없을 거다.

그런고로 람베르트 씨에게 물림쇠 지갑에 관해 말로 설명하고 있는데, 좀처럼 전해지질 않았다.

"으~음, 그래, 그림으로 그려서 설명할게요."

아이템 박스에서 이전에 특이하다고 입수했던 이쪽 세계의 종이와 잉크 단지와 깃펜을 끄집어냈다.

까끌까끌 울퉁불퉁한, 질이 좋지 않은 종이에 어찌어찌 서툰 그림을 그려 나간다.

"그리고 이 물림쇠 부분이 열렸다가 닫혔다가 하는 거예요."

"호오호오. 이 위에 있는 구슬 같은 부분이 개폐 장치의 핵심인 것이군요. 과연, 그림으로 그려주신 덕에 똑똑히 이해했습니다. 이 정도라면 저희 쪽에서 만들 수 있을 겁니다."

오오~ 물림쇠 지갑은 문제없이 만들 수 있을 것 같네.

람베르트 씨의 말에 따르면 크기가 작기도 해서 금속 물림쇠 부분을 포함해 사흘 정도면 만들 수 있을 거란다.

과연 람베르트 씨네 가게다.

역시 여기 부탁하길 잘했어.

"그래서 말씀입니다만, 이 '물림쇠 지갑'이라고 하나요? 이걸 저희 가게에서도 취급하게 해주십시오."

"그건 딱히 상관없는데요."

"감사합니다! 제 예상이 맞다면, 이건 팔릴 겁니다!"

"아, 네에."

"매상액의 일부는 무코다 씨에게 환원하도록 하겠습니다!"

"네?"

"그럼 무코다 씨, 저는 다시 일하러 가보겠습니다! 이야~ 바빠지겠구만~!"

"아아, 람베르트 씨!"

가버렸네.

"아니, 평범한 물림쇠 지갑인데. 뭐, 됐어. 나도 돌아가 볼까."

페르와 녀석들이 목이 빠져라 기다리고 있을 테니까.

제 9 장 오랜만에 스테이터스 체크

람베르트 씨네 가게에 다녀온 다음 날, 나는 집에 있는 부엌에서 부지런히 비축용 요리를 만들고 있었다.

"뭐어, 왕도라면 그럭저럭 맛있는 밥집이나 노점 같은 게 있겠지만, 그래도 인터넷 슈퍼에서 파는 조미료를 사용한 밥보다는 못할 테니까."

왕도에 가는 건 이미 결정 사항이다.

좌우간 페르를 비롯한 녀석들이 왕도에 가기로 마음을 굳혀버렸으니까~.

어제 집에 돌아오자마자 페르가 『그래서, 왕도에는 언제 갈 거냐?』라는 소릴 할 정도였다고.

이어서 곤 옹은 『내일은 어떤가? 나를 타고 가면 금방이네』라고 했다.

드라 짱은 드라 짱대로 『왕도는 커다란 도시지? 기대되는데~』 따위의 태평한 소릴 내뱉었고, 스이 역시 『맛있는 고기가 잔뜩 있을까~?』 같은 태평한 소리를 했다.

내가 떨떠름한 얼굴로 "왕도에 안 가는 선택지는 없는 거야?"라고 물었더니 페르 녀석이 『없다』라고 딱 잘라 말하더라고.

곤 옹도 『리바이어던을 해체할 수 있을지도 모른다지 않는가. 그런데 어찌 안 가겠나』라고 했는데, 왕도에 가는 이유는 그것뿐이 아닌데 말이지…….

먹보 콰르텟의 목적은 리바이어던을 해체하는 것일지도 모르지만, 왕도에는 당연히 임금님이 있고.

길드 마스터도 조언했듯이 왕도에 가는 이상, 임금님을 알현하지 않을 수 없다…….

"하아~. 정해진 예의범절 같은 게 있겠지이? 귀찮아 죽겠네."

그것도 걱정이기는 하지만 무엇보다도 걱정되는 건…….

"우리 녀석들, 괜찮을까? 임금님 앞에서 실수라도 하면 안 되는데."

사람의 말을 하지 못하는 드라 짱과 스이는 둘째 치고 페르랑 곤 옹이 좀…….

사람의 말을 유창하게 하는 데다 평소에도 저렇게 거만하니.

우윽, 생각만 해도 걱정이 되어서 속이…….

눈앞이 깜깜하지만 계속 그 생각만 하면 몸이 못 배길 거다.

"지금은 요리에 집중하자, 집중."

'고독한 요리사' 칭호의 힘이 유감없이 발휘된 것인지, 요리는 차례차례 완성되었다.

먹보 콰르텟이 아주 좋아하는 카라아게를 비롯한 튀김류에 스테이크에 생강구이 같은 구이류, 소고기 덮밥에 고기가 듬뿍 들어간 고기 두부조림과 고기 감자조림 같은 조림류, 비프스튜에 고기 경단이 든 수프 같은 수프류도 만들고, 고기와 채소가 잔뜩 들어간 호일찜 같은 것도 만들어 봤다.

"후우, 이 정도면 되려나. 그나저나 내 입으로 말하자니 그렇지만, 많이도 만들었네……."

만들어서 아이템 박스에 넣기를 반복하다가 돌이켜보니 엄청난 양을 만든 것 같다.

"집중력과 '고독한 요리사' 덕분이네. 하하하……. 하아~아, 저녁 해야지."

저녁밥용으로 따로 빼둔, 타원형으로 빚은 고기를 늘어놓은 트레이를 아이템 박스에서 꺼냈다.

"왠지 엄청나게 햄버그스테이크가 먹고 싶었단 말이지."

우선 달군 프라이팬에 기름을 두르고 햄버그스테이크의 겉면이 익을 때까지 굽는다.

이때는 속까지 익히지 않아도 된다.

나중에 조릴 거니까.

적당히 겉면이 익으면 햄버그스테이크는 일단 빼놓는다.

그런 다음 햄버그스테이크를 굽고 육즙이 남은 프라이팬을 그대로 사용해 버터를 녹인 후, 채썬 양파와 잘 뜯어둔 만가닥버섯, 얇게 썬 양송이버섯을 투입.

재료들의 숨이 죽을 때까지 볶고 나서 캔 토마토와 물을 넣고 고형 콩소메 큐브를 넣은 후, 케첩과 우스터소스를 추가로 넣고서 저어주며 끓인다.

맛을 봐가며 소금 후추로 간을 한 후(여기서 신맛을 죽이고 싶다면 설탕을 넣어도 된다), 구워두었던 햄버그스테이크를 투입.

뚜껑을 덮고 5분 정도 졸이다가 햄버그스테이크를 뒤집어 다시 5분 동안 졸인다.

마지막으로 햄버그스테이크 위에 피자 치즈를 얹고 한소끔 더 끓인다.

"좋아, 완성~. 그럼 굶주린 야수들에게 가져다줘 볼까."

한 번 부엌으로 들이닥치기는 했지만 쫓아냈었거든~.

먹보 콰르텟은 분명 매우 굶주려 있을 거다.

◇ ◇ ◇ ◇ ◇

먹보 콰르텟은 내가 예상했던 것 이상으로 배가 고팠던 모양이다.

얼마나 배가 고팠는지 일사불란하게 우걱우걱 햄버그스테이크를 먹어대고 있다.

"이것 봐, 너무 게걸스럽게 먹는 거 아냐?"

『흥, 너 때문이다.』

『음. 주공이 하루 종일 맛있는 냄새를 풍겨댔으니 말이야..』

『맞아. 맛있을 것 같은 냄새는 나는데 먹지를 못해서 그래~.』

『드디어 먹을 수 있어~.』

늘 그랬듯이 내놓으라고 부엌으로 들이닥친 먹보 콰르텟을 "이건 왕도에 가져갈 것들이야. 왕도에서 먹을 식사가 초라해져도 좋다면 줄게"라고 해서 쫓아냈더랬지.

역시나 식사가 초라해지는 건 싫었는지 다들 불평을 쏟아내며 물러갔었는데, 부엌에서 풍기는 냄새가 먹보 콰르텟의 식욕을 최대로 끌어올린 모양이다.

분명 점심도 줬었는데 말이지.

이상하네.

일사불란하게 햄버그스테이크를 먹는 먹보 콰르텟을 곁눈질하며 나도 한 입 먹어보았다.

"응, 맛있어. 게다가 역시 쌀밥이랑 잘 어울린다니까~ 이건."

이 맛은 정말 쌀밥이랑 궁합이 딱 맞는단 말이지~.

『어이, 한 그릇 더다!』

『나도 한 그릇 더 주시게나.』

『나도!』

『스이도~!』

"아니, 다들 왜 이렇게 빨라."

나는 이제 막 먹기 시작했는데.

하지만 굶주리다 못해 눈에서 번쩍번쩍 빛이 나는 먹보 콰르텟 앞에서 그런 불평을 할 수는 없단 말이지.

잽싸게 추가 음식을 녀석들에게 내주었다.

먹보 콰르텟은 다시 햄버그스테이크를 마구 먹어댔다.

그렇게 몇 번이나 추가 주문을 처리하고 난 뒤에야 한숨 돌릴 수 있었다.

페르, 곤 옹, 드라 짱, 스이는 식후에 내준 콜라를 느긋하게 마시는 중이다.

나로 말하자면 평소처럼 블랙커피를 마시며 배를 쓰다듬고 있다.

살짝 과식한 것 같아…….

『어이, 내일은 어쩔 것이지?』

"음, 내일은 공물을 바칠 준비를 할까 해."

딱히 늦지는 않았지만 이제 슬슬 인내심이 바닥날 때가 됐으니까.

오늘 자기 전에 신들에게 주문을 받고, 내일은 그 준비를 할까 생각하고 있었다.

『흐음, 그건 소홀히 해선 안 될 일이지. 아무 일도 없으면 왕도로 갈까 했다만…….』

"아~ 글~쎄~ 매매 대금을 받으러 모험가 길드에도 가야하고, 람베르트 씨네 가게에도 또 들러야 해서 금방은 무리라니까."

어제 이야기했던 올인원 젤은 이미 종업원들에게 옮겨 담기 작업을 해달라고 부탁해두었다.

다른 샴푸 & 트리트먼트와 모발 파워 옮겨 담기 작업보다 우선적으로 처리해달라고.

마리 씨의 번쩍번쩍 빛나는 눈이 납기를 못 맞추면 가만 안 두겠다고 말하고 있었거든~.

얼른 납품하고 안심하고 싶어.

『리바이어던을 먹을 수 있을 줄 알았네만.』

나 참, 얼마나 리바이어던을 먹고 싶은 거야.

"뭐어, 그렇게 늦어지진 않을 거야. 일주일 이내에는 출발할 수 있을 테니까, 그때까지는 얌전히 있어."

『흥, 시시하군.』

시시해도 상관없어.

너희가 시시하다고 하지 않을 때는 꼭 내가 죽어라 고생을 하게 되잖아.

하아~ 말을 말아야지.

호록, 커피를 마시다가 그러고 보니 한동안 녀석들의 스테이터스를 확인하지 않았다는 사실이 떠올랐다.

던전에 다녀왔으니 일단 확인해둘까, 하는 생각에 모두를 감정해 보았다.

우선 페르부터.

【이름】 페르
【나이】 1014
【종족】 펜리르
【레벨】 950
【체력】 10181
【마력】 9810
【공격력】 9469
【방어력】 10201
【민첩성】 10024
【스킬】 바람 마법, 불 마법, 물 마법, 흙 마법, 얼음 마법, 번개 마법, 신성 마법, 결계 마법, 발톱 참격, 신체 강화, 물리 공격 내성, 마법 공격 내성, 마력 소비 경감, 감정, 전투 강화
【가호】 바람의 여신 닌릴의 가호, 전쟁의 신 바하근의 가호

하하하…….

웃음밖에 안 나오네.

또 레벨이 올랐잖아.

원래도 높았던 스테이터스 수치가 살짝 더 올랐고.

너, 이전보다 더 레벨을 올려서 뭘 어쩌자는 건데…….

다음은 곤 옹인데, 이쪽도 원래부터 스테이터스 수치가 괴물 같았단 말이지.

【이름】곤 옹

【나이】3024

【종족】에인션트 드래곤(고룡)

【레벨】1335

【체력】10109

【마력】14911

【공격력】9990

【방어력】10376

【민첩성】5479

【스킬】바람 마법, 불 마법, 물 마법, 흙 마법, 얼음 마법, 번개 마법, 신성 마법, 결계 마법, 드래곤 브레스 극(極), 에인션트 드래곤의 숨결, 신체 강화, 물리 공격 내성, 마법 공격 내성, 마력 소비 경감, 감정.

【궁극 마법】에인션트 드래곤의 혼

이쯤 되니 감각이 다 마비되네.

드래곤 굉장해, 라는 생각밖에 안 들어.

같은 드래곤이라도 드라 짱처럼 귀여운 구석이 있는 드래곤이 나는 더 좋더라.

【이름】드라 짱
【나이】116
【종족】픽시 드래곤
【레벨】208
【체력】1319
【마력】3510
【공격력】3330
【방어력】1208
【민첩성】4070
【스킬】불 마법, 물 마법, 바람 마법, 흙 마법, 얼음 마법,
번개 마법, 회복 마법, 포격, 전투 강화
【가호】전쟁의 신 바하근의 가호

방금 한 말 취소.

하나도 안 귀여워!

레벨업해서 또 강해졌잖아.

페르랑 곤 옹 같은 터무니없는 게 있어서 그냥 넘어갈 때가 많지만, 드라 짱도 상당히 터무니없단 말이지.

그, 그러고 보니 드라 짱도 던전에 있던 S랭크 마물을 순식간에 처리했었지…….

그렇다면 말이야, 스, 스이도 그럴까?

【이름】스이
【나이】10개월
【종족】휴즈 슬라임
【레벨】63
【체력】2028
【마력】1812
【공격력】2003
【방어력】1946
【민첩성】2011
【스킬】산탄, 회복약 생성, 증식, 물 마법, 대장장이, 초거대화
【가호】물의 여신 루사루카의 가호, 대장장이 신 헤파이스토스의 가호

"푸읍~."
『우왁, 지저분하게스리! 뭐 하는 거야!』
『뭐 하는 거냐, 너.』
『주공…….』
나도 모르게 커피를 뿜고 말았다.
어이없다는 듯 쳐다보는 드라 짱, 페르, 곤 옹의 시선이 신경도 안 쓰일 정도야.
스이야…….
생후 10개월 만에 이 스테이터스는 위험한 거 아니니?

『주인~ 괜찮아~?』

스이가 내 옆에서 나를 올려다보며 그렇게 물어왔다.

"스이~! 언제까지고 귀여운 스이로 있어주라아~."

나는 스이를 꼭 끌어안으며 그렇게 소리쳤다.

『갑자기 왜 저래, 저 녀석.』

『내버려 둬라.』

『주공……』

"여러분, 계시나요~."

페르, 곤 옹, 드라 짱, 스이가 잠든 후, 나는 혼자 거실에 남아 나를 이제나저제나 하고 목 빠져라 기다리고 있을 신들에게 말을 걸었다.

『왔다~! 기다렸느니라~!』

『얼마나 기다렸다고~.』

『좋았어, 왔구나!』

『……기다렸어.』

『드디어 위스키를 마실 수 있겠구먼!』

『기다리고 또 기다렸던 위스키다!』

말을 걸자마자 소란스러운 목소리가 들려왔다.

자아, 얼른 끝내버려야지.

"어제 주문하신 물건들을 전해드리겠습니다. 평소처럼 닌릴 님부터요."

이 작업도 이젠 익숙하기만 하네.

자, 우선은 닌릴 님이 주문한 대량의 단것들.

『기다렸느니라~. 케이크와 도라야키~! 이제 나는 이세계의 단것이 없이는 살 수가 없느니라~.』

아니아니, 왜 그런 소릴 하는 건데요?

일단은 데미우르고스 님의 가호 덕분에 수명이 늘었다지만, 닌릴 님은 여신이니 길어져 봐야 내 수명은 그야말로 순식간 아닌가?

제가 죽으면 어쩌시려고요?

『끄응~ 괜한 걸 생각나게 만들지 마라! 나도 그것 때문에 골치를 썩고 있었건만~. 하지만 지금 생각해 봐야 답은 없느니라! 닥치면 그때 생각할 것이니라!』

그건 문제를 뒤로 미룬 것뿐이잖아요.

뭐, 내가 죽은 뒤의 일까지는 책임 못 집니다.

"그러면 주문하신 케이크와 도라야키를 건네 드릴게요. 이번에는 후미야에서 '딸기 페어'를 개최 중이라 그와 관련된 한정 케이크가 많이 나왔기에 그걸 모두 넣어봤습니다. 나머지는 적당히 채웠어요. 아, 물론 홀 케이크도 있고요. 그리고 도라야키는 평소처럼 잔뜩 넣었습니다."

『후오~!!! 한정 케이크으으으! 당장 맛 볼 것이니라! 지금 당장~!』

닌릴 님께 드리려고 준비해둔 종이상자가 아이템 박스에서 꺼내서 내려놓자마자 옅은 빛과 함께 사라졌다.

그러고는 『고마우니라~!』라는 말을 끝으로 우다다, 달려가는 발소리가 들려왔다.

공물을 끌어안고 후다닥 떠나버린 건가.

그렇게나 한정 케이크가 먹고 싶었던 건가요, 닌릴 님…….

여전하기만 한 유감 여신(닌릴 님)의 행동에 쓴웃음을 지은 채, 마음을 다잡고 다음으로 넘어갔다.

"그럼 다음은 키샤르 님 차례입니다."

키샤르 님이 주문하신 건 물론 미용 제품이다.

굉장히 마음에 드셨는지 ST-Ⅲ 시리즈를 또 주문하셨다.

키샤르 님도 『이제 이거 없이는 못 살아……』라고 중얼거리셨는데, 이쪽도 괜찮은 걸까.

제가 죽은 다음의 일은 모릅니다.

ST-Ⅲ의 스킨, 로션, 에센스와 화장솜.

알고는 있었지만 이것만으로 예산이 다 떨어졌으니, ST-Ⅲ는 정말 비싸구나.

"키샤르 님, 받으십시오."

테이블에 올려둔 키샤르님용 종이상자가 사라졌다.

『아~앙, 기다리고 있었어~! 언제 떨어질까 싶어서 조마조마했거든~. 이제 안심이야아.』

여분으로 주문하신 건가요.

누나가 ST-Ⅲ를 쓰기 시작하면 이것 말고는 못 쓰게 된다면서 농담처럼 "나는 ST-Ⅲ의 바닥없는 늪에 빠진 거야"라는 소릴 했는데, 키샤르 님도 그 늪에 빠진 것 같네요.

그 미에 대한 집념은 어떤 의미에서는 존경스러울 정도입니다.

"다음은 아그니 님 차례네요."

아그니 님은 당연히 맥주를 주문했다.

명실상부한 맥주 마니아니까.

이번에도 내용물은 나에게 맡기시겠다며 맥주를 상자째 주문하셨다.

뭐, 취향은 대충 파악하고 있으니 평소처럼 프리미엄한 맥주 두 상자에 Y비스 맥주, S사의 검은 라벨이 붙어있는 맥주를 선택했다.

나머지는 특선 지역 맥주 맛 비교 세트를 최대한 골라봤다.

요즘에는 맛을 비교하는 게 즐겁다고 하셨으니까.

"아그니 님, 받으세요. 맛 비교 세트가 골고루 들어 있습니다."

『오, 그거참 기대되는걸! 고맙다~.』

몇 개나 되는 중량감 있는 종이상자가 사라졌다.

『좋았어~! 오늘 밤은 오랜만에 죽어라 마셔보자~!』

종이상자가 사라진 직후, 그런 괄괄한 목소리가 들려왔다.

뭐어, 적당히 즐기세요.

"다음은 루카 님 차례입니다."

루카 님은 평소처럼 케이크와 아이스크림을 주문하셨다.

케이크는 닌릴 님과 마찬가지로 '딸기 페어'의 한정 케이크를.

나머지는 후미야의 아이스크림과 인터넷 슈퍼에 있던 여러 아이스크림 중 루카 님에게 아직 보내지 않은 것을 중심으로 골라보았다.

그나저나 아이스크림은 종류가 엄청나게 많았구나.

신작도 어느샌가 나와 있고.

상당한 종류와 수량을 채워 넣었으니, 루카 님도 만족하시지 않을까.

"그럼 부디 받아주십시오."

종이상자가 사라짐과 동시에 『고마워』라는 말이 들려왔다.

직후에 『아이스크림이 잔뜩 들었어. 기뻐』라는 귀여운 목소리가 들려와서 살짝 훈훈해졌다.

"다음은……."

『우리 차례로군!』

마지막은 물론 술꾼 콤비인 헤파이스토스 님과 바하근 님이다.

이 두 사람(두 신?)은 또 열심히 술에 관해 조사를 하셨는지, 저번에 이어 고급 위스키 말고도 마니아 취향의 것까지 주문하셨다.

딱히 위스키를 좋아하지는 않다 보니 찾느라 고생했다고.

이 두 사람이 주문하는 걸 찾는 데에 시간이 제일 많이 걸렸다.

그렇게 주문한 물건은…….

슈퍼 프리미엄 버번이라 불리는 말 모양 병마개가 특징인 위스키.

스트레이트로 마시면 매우 맛있다기에 골랐다는 듯했다.

그리고 요즈음 매우 주목을 받고 있는 타이완 위스키.

주목받고 있다는 이야기를 듣고 자신들도 마셔보고 싶어졌다고 하셨지.

그리고 파란 라벨이 상징인 '개성이 풍부한 세계 5대 위스키의 원주(原酒)를 블렌딩해서 블렌디드 위스키를 개발한다'는 콘셉트에서 비롯된 위스키.

두 분의 말은『개성적인 위스키를 블렌딩해서 새로운 위스키를 만들었다니, 마셔보고 싶어지지 않나!』라고 했다.

마지막은 라벨에 그려진 산고양이가 상징인 마니아 취향의 위스키다.

위스키 마니아들 사이에서 특히 인기가 많은 모양이었는데『그렇다면 우리도 당연히 마셔봐야지』라고 하셨다.

두 분도 예산을 고려하기는 했는지, 고급 위스키만 고르다 보면 그만큼 수량이 줄 수밖에 없으니 이번에는 이 네 병만 골랐다는 모양이다.

나머지는 저렴한 가격대의 추천 위스키를 다양하게 준비해달라고 하시기에, 이번에도 리큐어 샵 다나카의 랭킹을 참고해 가격은 저렴해도 평가가 좋은 것을 골라봤다.

그렇게 종이상자 여러 개를 위스키들로 빽빽하게 채워 넣었다.

깨지는 물건이라 신중하게 테이블 위에 올려놓았다.

"이게 두 분이 주문하신 물건들입니다. 받아주십시오."

『허허~ 애타게 기다렸던 위스키로군! 고맙네!』

『매번 고맙다! 대장장이신! 오늘도 밤새도록 위스키를 마셔보자고~!』

헤파이스토스 님과 바하근 님은 그렇게 말하며 기분을 끌어올리더니, 쿵쿵 발소리를 내며 떠나가는 듯했다.

이제 데미우르고스 님 차례구나, 하고 아이템 박스에서 데미우르고스 님용 종이상자를 꺼내던 중, 누군가의 목소리가 들려왔다.

『저기…….』

응? 이 목소리는 루카 님인가?

『여러 가지 아이스크림을 파는 아이스크림 가게라는 게 있다며.』

아~ 있죠.

아이스크림 전문점에 젤라토 전문점 같은 거.

『힘내.』

…………외부 브랜드 말씀이시군요.

"저, 저어~ 외부 브랜드 해방 레벨이 되려면 아직 멀었는데요……."

어제 확인해보니 내 레벨은 이러했다.

【이름】 무코다(츠요시 무코다)

【나이】 27

【종족】 일단 인간

【칭호】 고독한 요리사

【직업】 요리사, 모험가? 휩쓸린 이세계인

【레벨】 114

【체력】 569

【마력】 546

【공격력】 541

【방어력】 529

【민첩성】 442

【스킬】 감정, 아이템 박스, 불 마법, 흙 마법, 사역마,

완전 방어, 획득 경험치 두 배 증가

사역마(계약 마수) 펜리르, 휴즈 슬라임, 픽시 드래곤, 에인션트 드래곤(300년 한정)

【고유 스킬】 인터넷 슈퍼

《외부 브랜드》 후미야, 리큐어 샵 다나카, 마츠무라 키요미

【가호】 바람의 여신 닌릴의 가호(소), 불의 여신 아그니의 가호(소), 대지의 여신 키샤르의 가호(소), 창조신 데미우르고스의 가호(소)

다음 외부 브랜드가 해방되는 건 분명 레벨 160이었을 텐데.

그렇게 되려면 아직 시간이 한참 걸릴 거라고.

『괜찮아. 던전을 두세 개, 아니면 네 개 정도 돌면 간단.』

아니, 그게 어딜 봐서 간단해요.

게다가 던전 순회 같은 건 안 할 거라고요!

『어쨌든 힘내. 기대할게.』

루카 님…….

그렇게 기대하신들 아직 한참 남은 이야기거든요.

『이 녀석, 루카여, 무리한 요구를 하면 안 된다. 이전에도 주의를 주었지 않으냐.』

『창조신님…….』

『평소 얌전한 네가 별일이로구나.』

『아이스크림이, 너무 맛있어서.』

『그래그래. 허나 너무 무리한 요구는 안 된다. 또 그러면 벌을

내릴 것이야.』

『피이, 알았어.』

도도도, 달려가는 발소리가 들려왔다.

『미안하게 됐구먼. 평소에는 저렇게 떼를 쓰지 않는데 말이야.』

"데미우르고스 님, 저 정도면 귀여운 편이잖아요."

다른 여신님에게 받은 압박에 비하면 말이야.

"그보다 공물을 바치기로 한 날을 넘겨서 죄송합니다."

데미우르고스 님께는 일주일 간격으로 바치고 있었지만, 던전에 들어가 있기도 해서 그 기간을 조금 넘기고 말았다.

『그런 건 신경 쓰지 않아도 되네.』

"감사합니다. 그 대신 이번에는 조금 넉넉하게 준비했습니다."

『호오~ 그것 참 기대되는구먼.』

일본주는 평소처럼 리큐어 샵 다나카에서 엄선한 맛 비교 세트에서 골랐다.

아키타 명문 양조장의 술 다섯 병 맛 비교 세트에 토호쿠 인기 명주 일곱 병 맛 비교 세트, 일본주 품평회에서 금상을 수상한 경력이 있는 술 다섯 병 세트 두 종류, 교토 인기 명주 다섯 병 맛 비교 세트, 신슈 인기 양조장의 술 다섯 병 맛 비교 세트를 선택했다.

그리고 매실주도 평소처럼 랭킹에서 일곱 병을 골랐다.

엄선한 천연 온천수를 사용한 매실주에 고구마 소주로 담근 매실주, 매실 열매를 블렌딩해서 과육의 느낌을 한껏 살린 과육 함유 매실주, 영봉(靈峯) 하쿠산의 천연수를 사용한 물에 중점을 둔

매실주, 푸른 다이아몬드라 불리기도 하는 청매실을 사용해 매실의 향과 신맛을 한껏 끌어올린 매실주, 복숭아나 서양배 같은 과일향이 듬뿍 담긴 매실주, 완숙된 매실의 과육을 사치스럽게 사용해 걸쭉한 질감과 매실의 감칠맛이 꽉꽉 응축된 듯한 맛이 나는 매실주, 그리고 특이하게도 홍차 풍미를 조합한 홍차 매실주 같은 것도 골라보았다.

그리고 평소처럼 프리미엄 캔 술안주도 잔뜩 준비했다.

일본주와 매실주, 그리고 캔 술안주가 든 종이상자 여러 개를 테이블에 올려놓았다.

"데미우르고스 님, 부디 받아주십시오."

『허어허어허어, 고맙네.』

그러한 말과 함께 종이상자가 사라졌다.

"그리고 요전에 페르와 곤 옹에게 주신 보수 말인데요, 그 '현자의 돌'이란 건 뭔가요?"

『현자의 돌은 현자의 돌이네만? 뭐 잘못되었는가?』

"뭐가 잘못되었느냐니요! 지나치다니까요! 그런 걸로 뭘 어쩌라고요!"

현자의 돌을 촉매로 철에 마력을 흘려 넣으면 그 마력량에 따라 철이 미스릴, 오리할콘, 히히이로카네로 변화한다니, 이런 걸 세상에 내놓으면 분란의 씨앗만 될 거라고요!

『이야~ 자네라면 요긴하게 사용해줄 것 같아서, 괜찮지 않을까 생각했다네.』

"아니아니, 전혀 안 괜찮아요! 이런 걸 무서워서 어떻게 써요!"

『자자, 가지고 있어서 손해 볼 건 없잖나. 쓰지 않고 자네가 보관해두면 될 일이야.』

"아니, 그런 문제가 아니고요. 이런 터무니없는 걸 보수로……."

『오, 날 부르는 것 같군. 잘 있게나!』

"잠깐만요! 데미우르고스 님~~~!"

제 10 장 가자, 왕도로!

길드 마스터에게서 매입 대금을 이번에도 백금화로 받았다.

계속 쌓이기만 하네, 라는 생각을 하며 아이템 박스에 휙 던져 넣었다.

"그래서, 어쩔 건가? 왕도로 갈지 어떨지 결정은 했나?"

『당연히 가야지.』

『리바이어던을 해체할 수 있을지도 모른다고 했으니 말이야.』

따라와 있던 페르와 곤 옹이 나보다 먼저 그렇게 답했다.

"그렇게 돼서, 가보려고요."

"오~ 그래, 그런가."

"물론 길드 마스터도 같이 가는 거죠?"

"당연하지. 내가 안 가면 왕궁에는 무슨 수로 연락을 하려고."

"여러모로 잘 부탁드립니다."

"그래. 맡겨만 두게."

길드 마스터가 함께 간다니 일단 마음이 놓이네.

『왕도라. 기대되네!』

『맛있는 게 많이 있었으면 좋겠어~.』

『왕도라는 곳은 사람들이 잔뜩 있을 테니, 노점에서도 맛있는 걸 많이 팔 테지.』

『음. 노점 순회는 무조건 하는 거다.』

먹보 콰르텟은 벌써부터 관광 모드에 돌입했다.

나도 왕궁행만 아니었어도 관광할 생각에 기분이 들떴을 텐데.
"길드 마스터, 그래서 언제 출발할 겁니까?"
"나도 이것저것 끝내야 할 일이 있으니 말이야. 5일 후는 어떻겠나."
"네, 괜찮습니다."
『흠, 5일이나 걸리는 건가?』
『당장 내일이라도 출발하고 싶은 마음인데 말이다.』
『바로 가는 거 아니었어~?』
『주인~ 왕도, 아직 안 가는 거야~?』
드라 짱과 스이는 염화라 그나마 괜찮지만, 페르랑 곤 옹은 육성으로 그런 소리 하지 말라고.
"억지 부리지 마. 그래 봐야 5일 후라 그렇게 오래 기다려야 하는 것도 아니잖아. 우리 애들이 예의가 없어서 죄송합니다."
길드 마스터도 쓴웃음을 짓고 있다.
"뭐, 5일 후에 다시 와주게."
"네. 아, 오고 갈 때 곤 옹을 탈 거니 염두에 두고 준비해주세요."
"타, 타는 건가, 정말로."
"네에. 에인션트 드래곤을 탈 기회는 그리 흔치 않을걸요. 즐겨주세요."
그렇게 말하자 길드 마스터는 뺨을 씰룩거렸다.

왕도로 출발하려면 아직 며칠 기다려야 한다.
그저께는 하루 종일 부지런히 비축용 요리를 만들었다.
요전에 만들기는 했지만 많을수록 좋으니까.
그리고 어제는 페르 일행이 『사냥하러 가고 싶다』며 야단을 부려서 거기에 어울려줬다.
새 계열 마물의 고기가 얼마 안 남아서 그걸 중심으로 사냥해 오라고 부탁했더니 코카트리스와 록 버드, 자이언트 도도를 잡아 와줬다.
내 해체 연습용으로 코카트리스 세 마리는 남기고 나머지는 사냥에서 돌아오는 길에 모험가 길드에 들러서 해체를 부탁했다.
요한 아저씨가 어이가 없다는 얼굴로 "요전에도 그렇게 잔뜩 팔아놓고는"이라고 말하기는 했지만.
그건 던전에서 난 거라 전부 해체가 필요 없는 것들이었던 데다, 그거랑 이건 별개니까요.
고기는 왕도에 가기 위해 모험가 길드에 왔을 때 받기로 했다.
그리고 오늘은…….
"좋아, 오늘은 오랜만에 장을 보러 가야지."
『그럼 나도 간다.』
『나도 가겠네.』
『당연히 나도!』
『스이도~!』
"너희는 노점에서 군것질하는 게 목적이잖아. 뭐, 상관은 없지만."

쇠뿔도 단김에 빼라는 속담에 따라 우리 일행은 오랜만에 카레리나의 거리로 장을 보러 나왔다.
이래저래 눈에 띄기는 하지만 처음에 비하면 소란이 일어나지 않게 되었다.
뭐, 우리가 지나가면 스윽 피하거나 집안으로 숨는 사람도 있기는 했지만.
인간은 적응의 동물이라니까.
조용히 그런 생각을 하며 찾은 곳은 건조 허브 전문점이었다.
몇 번인가 물건을 사러 온 곳인데, 종류도 풍부하고 건조 허브를 조합한 상품이 또 괜찮단 말이지.
특히 고기에 어울리는 게 많아서 나도 여러 종류를 구입해볼 생각이다.
코가 좋은 페르는 이 가게가 불편한지 조금 떨어진 장소에서 제 집에 온 양 잠을 자고 있다.
곤 옹과 드라 짱과 스이도 딱히 관심이 없는지 페르 근처에서 대기 중이다.
그런 녀석들을 남겨두고 나는 가게 앞으로 걸음을 옮겼다.
"어서오십시오."
주인장은 마흔 살 정도로 보이는 날씬한 체구의 아저씨다.
잠시 둘러보고 이전에 구입했는데 마음에 들었던 로즈마리스러운 향이 나는 드라이 허브와 세이지 같은 향이 나는 드라이 허브, 그리고 오레가노 같은 향이 나는 드라이 허브를 구입하기로 했다.

그리고…….

"죄송하지만 새로운 건조 허브 믹스는 없나요? 고기에 어울리는 게 필요한데."

이 세계는 음식 맛을 내는 방법이 적어서 건조 허브가 꽤 중요한 역할을 한단 말이지.

일반 가정집에서 직접 만드는 사람도 꽤 있다.

이렇게 가게를 내고 장사를 하는 사람도 있을 정도다.

무얼 어떻게 사용하는지, 어떤 비율로 섞는지가 비전으로 전해지기도 한다.

그만큼 천차만별이라 여러 가지 건조 믹스가 존재한다는 말이지.

인터넷 슈퍼의 허브 솔트도 괜찮지만 가끔씩 이쪽 세계의 건조 허브 믹스를 써보면 그 신선한 느낌에 놀랄 때도 있다.

이곳의 주인장이 만드는 건조 허브 믹스 중 지금까지 구입했던 것들은 전부 취향에 맞아서 기대해 볼 만하다.

"형씨, 잘 물어봤어. 상당한 야심작이 완성됐거든."

그렇게 말하며 주인장이 건조 허브 믹스를 내밀었다.

향을 맡아보니 로즈마리 같은 향이 강하기는 하지만 그 밖에도 여러 가지 허브가 들어있다는 게 느껴지는 향이 난다.

대충 맡아봐도 고기 요리에 어울릴 것 같다.

"좋네요~. 이것도 주세요."

"매번 감사합니다."

새로운 건조 허브 믹스가 손에 들어와 기분이 좋아진 나는 페르와 녀석들을 이끌고 다음 가게로 이동했다.

다음은 소금 전문점이다.

이전에 손에 넣었던 메르카단테산 암염이 굉장히 좋았더래서 추가로 구입해 두려고 온 것이다.

그럭저럭 값이 나가기는 했지만 산 게 후회되지는 않았다.

상당히 많은 양을 산 탓인지 주인장이 직접 배웅까지 해주더라.

『어이, 아직 안 끝난 거냐?』

『주공, 배가 고프기 시작했네.』

『나도~. 빨리 노점에서 고기 사 먹으러 가자.』

『스이도 배고파~.』

"그래그래. 알았어. 들르고 싶은 가게가 한 곳 더 남았으니까 조금만 더 기다려."

벌써 질렸다기보다는 노점에 눈길을 빼앗긴 먹보 콰르텟이 재촉을 해댔다.

하지만 이 가게는 꼭 들러야 해.

내가 제일 기대하고 있던 가게니까.

그렇게 찾은 곳은 몇 번이나 방문한 적이 있는 차 전문점이었다.

"죄송하지만 세리아산 차는 있나요?"

"오오, 지금 막 입고된 참입니다."

세리아라는 도시의 특산물인 그 차는 람베르트 씨의 가게에서 늘 얻어 마시고 있는 차였다.

장미 같은 향이 나는, 매우 고귀하고 맛있는 차인 것이다.

매번 사자고 생각은 했지만, 늘 이런저런 사정이 생겨 손에 넣지 못했던지라 이번 기회에 구입하기로 했다.

"그리고 추천할 만한 차가 있다면 몇 종류 구입하고 싶은데, 추천 좀 해주시겠습니까?"

이럴 때는 솔직하게 가게 사람에게 물어보면 좋은 걸 살 수 있단 말이지.

"그러시다면……."

가게 사람이 추천해준 차는 세 종류였다.

우선 엘만 왕국의 그라나도스라는 도시의 특산품이라는 차.

향을 맡아보니 찻잎에 건조한 과실이 들어간 플레이버 티(착향차)로, 복숭아 같은 달콤한 향이 아주 기가 막힌 차였다.

다음으로 소개해준 것은 쿨라센 황국의 세라티라는 도시에서 만들어지고 있는 차다.

듣자하니 생산량이 적어서 귀한 차라는 듯했다.

향은 우롱차 같았는데, 그 중에서도 이전에 얻어 마신 적이 있는 희귀 품종인 황진구이(黃金桂)라는 것과 비슷했다.

은근히 금목서 같은 냄새가 나거든.

마지막으로 소개해준 것은 이 나라에 있는 브뤼넬이라는 도시의 특산품이다.

이쪽도 향을 맡아보니 홍차에 민트 같은 게 섞인 듯한 상쾌한 향이 났다.

기분전환을 하고 싶을 때나 식후에 마시기 딱 좋은 차라는 듯했다.

사실 그 밖에도 추천하고 싶은 차는 더 있다는 모양이지만, 지금 가게에 재고가 있는 것 중에서는 이 세 개가 추천할 만하다고 했다.

당연히 전부 구입했지만~.

전부 다 향이 좋아서 벌써부터 마시는 게 기대된다.

장보기를 마치고 가게 밖에서 기다리고 있던 페르, 곤 옹, 드라 짱, 스이와 합류하자…….

『좋아, 네가 살 건 다 산 것 같군.』

『이제 우리 차례네.』

『가자~! 난 저기 있는 꼬치구이집을 점찍어뒀어!』

『스이는 있지~ 저기 있는 가게가 맛있을 것 같아~.』

녀석들은 각자가 찍어뒀던 노점으로 쏜살같이 달려갔다.

"아니, 너희들, 뿔뿔이 흩어져서 다니지 말라고~!"

결국 그 후, 먹보 콰르텟은 이 노점, 저 노점을 한참동안 돌아다니며 몇몇 노점들을 탈탈 털어먹었다.

피곤하다…….

오늘은 부탁해뒀던 물림쇠 지갑을 받으러 람베르트 씨의 가게에 와 있었다.

심심하다며 따라온 페르, 곤 옹, 드라 짱, 스이는 가게 밖에서 멋대로 쉬고 있다.

람베르트 씨와 나는 평소처럼 가게 안쪽에 자리한 방으로 향했다.

그곳에서 완성된 물림쇠 지갑을 보여주셨다.

"오오~ 완성도가 훌륭하네요. 역시 대단하세요."

지정한 대로 손바닥 크기인 물림쇠 지갑이 완성되어 있었다.

금속 물림쇠 부분도 매끄럽게 열렸다.

헌터 그린 아나콘다의 가죽도 깔끔하게 처리되어 더욱 선명한 녹색을 띠고 있다.

"완벽하다고 해야 할지, 예상보다 완성도가 훌륭해요!"

"그거 다행입니다. 장인도 더없이 좋은 가죽으로 새로운 형태의 지갑을 만들 수 있게 됐다며 기합이 단단히 들어 있었거든요."

람베르트 씨네 장인분은 역시 실력이 대단하시다니까.

훌륭한 일솜씨야.

"그건 그렇고 소문으로 들은 이야기입니다만 무코다 씨, 왕도로 가신다면서요?"

역시 귀가 밝으시네.

"네에."

"그렇다면 란그릿지 백작님도 찾아뵙는 게 좋을지도 모르겠군요. 마침 이 시기에는 일가가 모두 왕가에 계실 테니까요."

아아~ 역시 그렇게 되나.

그 생각도 안 한 건 아니었다.

백작님이 왕도에 있을 경우, 역시 만나두는 게 좋지 않을까 싶었거든.

백작님께는【신약 모발 파워】에 관한 일로 신세를 지기도 했으니, 임금님만 만나고 돌아올 수는 없는 노릇이다.

"그렇게 할까 생각은 하고 있었습니다. 길드 마스터가 함께 가기로 했으니 그곳에도 들르자고 부탁하려고요."
"그렇게 해주시면 저도 감사할 것 같군요."
【신약 모발 파워】 판매 과정에서 백작님의 소개도 중요한 역할을 하기 때문이겠지.
"참, 백작님께 헌상할 물건은 뭐가 좋을까요? 평소처럼 발모제는 선물한다 치고, 역시 부인과 영애께 드릴 샴푸와 트리트먼트, 헤어 팩도 드리는 게 좋겠죠?"
"그게 좋겠군요. 그리고 고급 비누도요."
"그런데 그것만 드리면 평소랑 다를 게 없잖아요. 기껏 왕도에서 만나는 건데, 좀 색다른 무언가를 선물하는 편이 좋겠죠?"
"그 말씀도 일리가 있군요. 그렇다면……."
람베르트 씨가 제안한 것은 마리 씨에게 납품하기로 한 올인원 젤이었다.
그 존재는 백작님의 부인과 영애도 이미 알고 있으며, 출처가 나일 것이라고 짐작은 하고 있을 거란다.
뭐, 백작가와는 이런저런 교류가 있었으니 그럴 만도 하지.
"알겠습니다. 그 크림도 포함시키기로 하죠. 그리고 던전에서 나온 것도 선물에 포함시키는 게 좋을까요?"
"그러고 보니……. 무코다 씨는 여러 던전을 답파하신 분이었지요."
람베르트 씨, 왜 먼눈을 한 채 넋을 놓으신 건데요?
"그런 물건은 임금님께 헌상하셔야 하는 것 아닙니까?"
"헌상할 물건도 있기는 하지만 그 밖에도 자잘한 보석 같은 게 꽤 있어서."

"자잘한 보석, 이라고요."

어, 왜 그렇게 어이가 없다는 얼굴로 저를 쳐다보세요?

"보석도 좋지만, 만약 던전에서 고랭크 포션 같은 걸 얻으셨다면, 그쪽을 더 기뻐하실지도 모릅니다."

람베르트 씨의 말을 들어보니 여차할 때를 위해 포션을 확보해두는 것은 귀족의 의무인 동시에 능력을 증명하는 수단이기도 하다는 모양이다.

"아, 그렇다면……."

나는 아이템 박스에 있던 스이 특제 포션을 꺼냈다.

"하급, 중급, 상급이 있습니다. 던전산은 아니지만, 연줄이 있어서 비교적 쉽게 입수할 수 있거든요."

좌우간 만들고 있는 게 스이니까~.

"각각 다섯 병 정도면 될까요?"

"각각이라니, 상급도 다섯 병 있다는 뜻입니까?"

"네에."

람베르트 씨의 얼굴이 어째서인지 경직되었는데.

왜 저러시지?

"하아~ 하여간 이 사람은…………. 상급 다섯 병은 너무 많습니다. 하급 세 병에 중급과 상급은 한 병씩 드려도 충분할 겁니다."

"알겠습니다. 그렇게 하죠."

람베르트 씨의 말대로 하는 편이 문제가 안 일어날 테니까.

그 후, 마리 씨에게 드릴 올인원 젤은 이틀 후 정도에 납품하겠다는 취지의 전언을 부탁드렸다.

상세한 논의는 평소처럼 코스티 군을 통해달라는 말도 덧붙였다.

그러고서 잠시 세상 돌아가는 이야기를 나눈 후, 람베르트 씨의 가게를 뒤로했다.

가게를 나서자마자 기다리고 있던 먹보 콰르텟이 군것질을 하자고 졸라서, 그 후에는 어제에 이어 노점 순회를 하게 되었지만.

◇ ◇ ◇ ◇ ◇

집으로 돌아와 보니 테레자를 비롯한 여성진들이 마침 본체 청소를 마치고 돌아가고 있었다.

마침 잘됐다 싶어서 종업원들을 모두 모아달라고 부탁했다.

잠시 후, 종업원들이 모이기 시작했다.

넓은 거실은 배불리 먹은 먹보 콰르텟이 낮잠을 자느라 점거 중이라 현관홀에.

"요전에 갔던 여행에서는 선물을 못 챙겨와서, 그 대신 주려고 준비한 건데……."

그렇게 말하며 오늘 막 받은 물림쇠 지갑을 모두에게 나눠주었다.

"던전에서 얻은 가죽으로 만든 지갑이야. 다들 지갑이 없는 것 같아서 좋아할 것 같았거든. 녹색 가죽이 보기 좋지?"

토니 일가와 앨번 일가 사람들은 물림쇠 지갑을 보고 눈을 반짝거렸다.

하지만 모험가 팀은 어째서인지 뺨을 씰룩거리고 있었다.

"참고삼아 묻겠는데, 그 던전은 어느 던전이야?"

"무코다 씨, 론카이넨에 다녀오겠다고 했지? 내 기억이 맞다면, 론카이넨 근처에는 던전 같은 게 없었을 텐데."

루크와 어빙이 그렇게 물어왔다.

평소에는 눈치가 없으면서 어쩐 일로 예리한 질문을 다 던지네.

"으음, 아직 별로 알려지지 않은 소국군에 위치한 던전이야."

그렇게 말하자 "들어본 적 있냐?"라느니 "아무도 손대지 않은 곳이란 뜻인가" 등의 말을 수군거리는 소리가 들려왔다.

"답파는 한 거야?"

타바사가 그렇게 물었다.

"페르와 곤 옹이 있는데 안 했을 것 같아?"

그렇게 되묻자 모험가 팀 일동은 납득한 얼굴로 "그렇겠지"라고 중얼거렸다.

"그럼 이 가죽은 대체 무엇의 가죽인가? 내가 딱 한 번 본 적이 있는 뱀 마물의 가죽과 비슷한데, 그 마물의 가죽이라면 이런 식으로 선뜻 우리 같은 노예에게 선물해도 될 게 아닐 텐데 말이야."

바르텔이 뚱한 눈으로 나를 쳐다보며 그런 소리를 했다.

"이 선명한 녹색 가죽을 보고 내가 예상한 것도 그거거든. 근데 그거라면 아무리 그래도 이렇게 선뜻 주지는 않을 거라고 믿고 싶은데……."

타바사까지 뚱한 눈으로 나를 쳐다보았다.

"뱀 마물에 녹색 가죽이면, 설마 그건가?"

"작년 경매에 나왔던……."

움찔.

혹시 루크 & 어빙도 아는 건가?

"금화 천 닢에 가까운 값이 붙어서 모험가들 사이에서도 엄청 화제였어. 나도 알 정도라고."

어라, 페이터까지 아는 거야?

"그, 그게……."

어라, 왜 주는 쪽인 내가 이렇게 식은땀을 흘려야 하는 거지?

"그래서, 다시 한 번 묻겠네만, 무슨 가죽인가?"

바르텔이 숨통을 끊듯이 다시 한 번 물어왔다.

"………………헌터 그린 아나콘다."

바르텔의 압박감에 압도된 나는 나직하게 그렇게 중얼거렸다.

그 말을 들은 모험가 팀에서는 "역시 그랬나……"라느니 "아이고~" 같은 말과 함께 한숨 소리가 들려왔다.

"이것 봐, 무코다 씨. 보통 사람들은 작은 물건이라 해도 헌터 그린 아나콘다의 가죽을 사용한 물건을 노예에게 주려는 생각 자체를 하지 않아."

어이가 없다는 듯한 얼굴을 한 채 바르텔이 그런 말을 한 것을 계기로 모험가 팀은 내게 온갖 설교를 퍼붓기 시작했다.

이렇게 값비싼 것을 왜 우리에게 주는 것인지, 이렇게 값비싼 걸 가지고 다니면 오히려 강도를 당할 가능성이 있다느니.

확실히 강도를 당할 가능성은 생각 못 했지만, 그래도 말이야…….

"내가 괜찮다면 괜찮은 거야! 밖으로 가지고 가는 게 위험하다면 집에서 소품 주머니로라도 써줘."

물림쇠가 달렸으니 소품 주머니로도 딱이잖아.

애초에 너희들 말이 긴 데다 끈질겨.

게다가 말이야, 이야기를 듣고 있던 토니 부부와 앨번 부부도 얼굴이 파랗게 질려버렸잖아.

롯테를 제외한 어느 정도 말귀를 알아듣는 아이들도 쩔쩔매고 있고.

"여차하면 파는 것도 방법이고. 어쨌든 너희에게 준 거니까 가지고 있도록 해."

그렇게 말하고서 모두를 현관에서 몰아내고 집으로 돌려보냈다.

모두가 떠난 후, 문득 생각했다.

"그러고 보니 다들 지갑이 없기에 저 물림쇠 지갑을 만든 건데, 저래서는 밖에 가지고 다닐 수가 없다는 건가. 그렇다면 다음에는 더 평범한 가죽인 레드 보아의 가죽 같은 걸로 만든 물림쇠 지갑을 선물하는 것도 괜찮겠어."

나는 진지하게 그런 생각을 하기 시작했다.

드디어 내일이면 왕도로 출발한다.

그 전에 나는 혼자서 어떤 작업을 하고 있었다.

백작님과 임금님께 드릴 헌상품을 준비하는 작업이다.

"이런 건 페르네한테 물어봐도 전혀 참고가 안 된단 말이지~."

그런고로 페르, 곤 옹, 드라 짱, 스이가 잠든 후, 요전에 갓 입수한 차를 마시며 작업을 진행했다.

참고로 선택한 차는 엘만 왕국의 그라나도스산 차다.

찻잎에 건조한 과실이 든 착향차는 복숭아와 비슷한 달콤한 향이 나서 마음이 편해졌다.

그나저나…….

"진짜로 맛있네, 이 차."

꼴깍, 한 입을 마시고서 한숨을 돌렸다.

"자아, 우선 백작님께 드릴 헌상품을 꾸려볼까."

람베르트 씨의 조언에 따라 이미 물건들은 준비해두었다.

평소처럼 발모제 세 병에 발모 샴푸도 세 병.

그리고 부인과 영애에게 드릴 샴푸와 트리트먼트, 헤어팩을 각각 세 병씩.

장미향이 나는 고급 비누 여섯 개.

그리고 반드시 챙겨야 하는 올인원 젤 네 개.

그 밖에도 스이 특지 포션을 하급 세 병과 중급과 상급 한 병씩.

이걸…….

"아이템 박스를 뒤지다가 찾아낸 이 보물 상자에 담아서……."

이 보물 상자는 분명 드랭 던전의 드롭 아이템이었을 거다.

기억에 따르면 미믹에서 나왔던 것 같은데.

아마도.

그럭저럭 보석이 붙어 있어서 보기에도 좋아, 이걸로 골라봤다.

여기에 보기 좋게 담으면.

"좋아, 이 정도면 되겠지."

이걸로 백작님께 드릴 헌상품 준비는 끝났다.

다음은 임금님께 드릴 헌상품인데…….

"사전에 길드 마스터에게 물어봐 둘 걸 그랬어."

하지만 뭐, 이미 늦었으니까.

적당히 골라볼까.

역시 보석류가 좋겠지?

개인적인 생각이지만.

그런고로 요전에 얻은 던전산 보석과 손도 대지 않은 채 쌓이고 있는 보석류를 일단 꺼내보았다.

"음. 많네……."

이런 게 있었던가 싶어서 나도 깜짝 놀랐다.

"임금님께 드리는 헌상품이니 작은 것, 중간 크기의 것은 제외하고……."

그리고 보석 장식도 알이 굵은 게 박힌 것 말고는 제외해 나갔다.

"많이 줄이기는 했는데. 흠, 어느 걸로 할까."

요전에 갔던 던전산은 보기에 좋으니 넣어두는 게 좋겠지?

그런고로 카리브디스의 드롭 아이템인 티아라로 하자.

사파이어와 다이아몬드, 그리고 펄이 더없이 잔뜩 사용된 티아라는 만듦새가 아주 근사하다.

전해들은 이야기에 따르면 상류 계급 여성들 사이에서 쟁탈전이 발생 중일 정도로 가치 있는 물건이라니 괜찮겠지.

시그발드 씨가 '전쟁의 불씨가 될 수도……'라는 소릴 하는 바람에 쫄아서 아이템 박스에 영구 보존하려고 했지만, 감정해 보니 딱히 흉흉한 사연이 있는 물건은 아니었다.

분명 과장해서 말한 것뿐일 거야.

그런고로 기회가 왔을 때 처분………… 어흠어흠.

그나저나 같은 이유로 이것도 어떻게든 해버리고 싶은데…….

그렇게 생각하며 보석치고는 묵직한 그것을 집어 들었다.

"이거야말로 흉흉한 사연이 있는 물건인데……."

브릭스트 던전에서 손에 넣은 사연 있는 블루 다이아몬드.

감정 결과에도 소국을 침공해 멸망시키기까지 해서 손에 넣었다는 일화가 있다고 떴었단 말이지.

일화라고는 해도 알면서 헌상했다가 '어떻게 이런 것을!' 하고 트집이라도 잡히면 귀찮아질 것 같으니, 일단은 보류해두는 게 무난하려나.

다소 아쉽다는 생각을 하며 아이템 박스에 집어넣었다.

으음~ 다음은…….

"이게 좋으려나."

페르 일행이 던전에 있던 동굴에서 가져온 보물 상자에 들어있던 단검이다.

보석이 아주 빽빽하게 장식된 호화스러운 단검.

실제로 사용할 수는 있을지 의문이지만, 이것도 만듦새만 보면 수준이 다르니까.

여기에 마찬가지로 페르 일행이 동굴에서 가지고 온 보물 상자에 들어있던 굵직한 다이아몬드까지 넣는 게 좋겠어.

그 밖에는 어디에서 난 드롭 아이템이었는지는 잊었지만 비교적 보기에 좋은 루비 반지와 보석이 촘촘히 박혀 있는 팔찌와 황금 술잔을 골랐다.

"뭐어, 이 정도면 되겠지."

직접 만나러 가는 거라 헌상품도 조금 넉넉하게 골랐으니 괜찮을 거야.

"하아~ 그나저나 왕도라……."

귀찮을 것 같아서 피해왔는데 말이지.

뭐, 가기로 했으니 어쩔 수 없지.

하기 싫은 일이 끝나면 왕도 관광을 즐기자.

나는 맛있는 차를 마시며 마음을 다잡고서 내일에 대비해 잠자리에 들기로 했다.

그리고 왕도로 향하기로 한 당일――.

이제는 정이 든 모험가 길드를 찾았다.

우선 부탁해뒀던 고기를 찾으러 요한 아저씨가 있는 곳으로 향했다.

"안녕하세요~. 고기 받으러 왔습니다~."

"오~ 다 해놨어."

그렇게 말하며 요한 아저씨가 해체가 끝난 코카트리스를 비롯한 고기들을 차례로 내주었다.

그걸 아이템 박스에 넣으며 잡담을 나눈다.

"왕도에서도 사냥할 거야?"

"아뇨~……."

『가야지.』

『음.』

『도시에만 있으면 질릴 테니까.』

『사냥, 갈래~!』

"……간다네요."

왕도라면 모험가도 그럭저럭 있을 테고 묵혀둔 의뢰 같은 것도 없을 테니, 귀찮은 일만 끝나면 조금은 느긋하게 지낼 수 있을지도 모른다고 생각했는데 틀린 것 같네.

아이고…….

"왕도 주변에서는 거물을 찾기가 어렵겠지만 말이야, 뭔가 잡으면 이쪽으로도 좀 가져와 주라."

"하하, 너무 기대하진 말아주세요."

왕도 인근의 마물들은 모험가들이 씨를 말렸을 것 같으니까.

『기대하고 있어라. 우리라면 조금 멀리 나가는 것도 문제가 안 되니 말이다.』

아니, 왜 자신만만하게 그런 소릴 하는 건데, 페르.

"멀리 나가긴 어딜 가."

『자자. 내가 있으니 어지간한 장소라면 여유롭게 당일치기를 할 수 있네. 주공, 걱정하지 마시게나.』

잠깐, 곤 옹까지 무슨 소릴 하는 거야?

"아니, 글쎄 멀리 안 나갈 거라니까. 왜 먼 왕도까지 가서, 또 사냥을 하러 멀리 나가야 하는 건데."

"크크, 너도 고생이 많다. 뭐, 기대하면서 기다리고 있을게!"

아니, 기대하지 마시라니까요.

『왕도에서는 멀리 나가서 사냥을 할 거래. 뭐가 잡힐까? 기대되는걸~.』

『맛있는 고기였으면 좋겠어~.』

드라 짱이랑 스이도 동참하지 마!

멀리 안 나갈 거니까!

그나저나 요한 아저씨, 별생각 없이 '기대하겠다'고 하셨는데, 그럼 이 녀석들이 정말로 터무니없는 걸 잡아올 거라고요!

자중해야 한다는 생각 자체가 없다니까요!

나 원 참.

왕도에서 사냥을 하러 갈 때는 더더욱 주의해야겠는데, 이거.

요한 아저씨와 헤어져 창구로 향했다.

길드 마스터를 불러달라고 하자 금방 나오셨다.

"기다리게 해서 미안하네."

"아뇨, 저희도 방금 와서요."

길드 마스터는 약간 낡은 어깨에 메는 가방만 메고 있었다.

"매직 백인가요?"

"그렇다네. 모험가였던 시절부터 애용하고 있지."

듣자 하니 마르베일 왕국에 있던 던전에서 발견한 물건이란다.

낡기는 했지만 의외로 튼튼해 보이는 매직 백이다.

이런 타입의 것도 있구나.

페르와 녀석들에게도 이런 걸 들려주는 게 좋을지도 모르겠어.

살짝 갖고 싶을지도.

"그러면 가볼까요."

"그러지."

나, 페르, 곤 옹, 드라 짱, 스이, 그리고 길드 마스터는 일단 도시 밖으로 향했다.

도시를 벗어나 조금 떨어진 곳에 위치한, 익숙한 초원 지대.

이곳은 곤 옹의 이륙과 착륙에 최적인 장소란 말이지.

"그러면 곤 옹, 부탁 좀 할게."

『그래, 알겠네.』

그렇게 말하더니 곤 옹이 커졌다.

그 모습을 본 길드 마스터가 숨을 죽였다.

"이, 이봐, 정말로, 타는 건가? 에인션트 드래곤을……."

"이제 와서 무슨 소릴 하시는 거예요. 타고 갈 거라고 했잖아요. 길드 쪽에서도 인근 도시에 통지하셨죠?"

"아니, 뭐어. 그거야……. 느닷없이 드래곤이 나타나면 난리가 날 테니, 통지는 했지만……."

"그렇다면 얼른 타세요."

"자자, 잠깐만 기다리게!"

"나 참, 왜요오~."

『어이, 뭘 그렇게 꾸물거리는 거냐.』

"봐요, 페르가 재촉하잖아요."

페르와 드라 짱과 스이는 이미 곤 옹의 등에 올라타 준비를 마쳤다.

"아니 그게, 왜, 마음의 준비라는 게……."

그렇게 무섭게 생긴 얼굴로 약한 소리 하지 마시라고요.

"괜찮다니까요. 저도 처음에는 겁이 났지만 등 한가운데 즈음에 타서 아래만 보지 않으면 괜찮아요."

몇 번이나 타본 내가 하는 말이니 틀림없다.

까마득한 아래를 보고 높은 곳에 있다는 사실을 인식하니 겁이 나는 거다.

아래만 안 보면 어떻게든 된다.

"자자, 어서 타세요."

길드 마스터의 등을 떠밀어 냉큼 곤 옹에게 태웠다.

"곤 옹, 다들 탔어."

곤 옹의 등을 탁탁 두드리며 그렇게 알렸다.

『음. 그럼 출발하겠네.』

그렇게 말하더니 곤 옹이 천천히 날아올랐다.

곤 옹이 점차 고도를 높인다.

그리고…….

"히이이이이익, 나, 난 내리겠네! 내릴 거야~!!"

지면을 벗어나 떠오르는 감각에 길드 마스터의 얼굴이 파랗게 질렸다.

"잠깐! 날뛰면 안 된다니까요, 길드 마스터~!!!"

나는 날뛰는 길드 마스터의 거구를 붙들었다.

앉아있었으면 됐을 텐데 일어나서 날뛰는 바람에 길드 마스터가 까마득히 아래에 있는 도시 풍경을 제대로 보고 말았다.

"히이이이익……."

털썩――.

"아, 기절해서 쓰러졌네."

『흥, 한심하군그래.』

"뭐어, 처음이니까. 나도 겨우 적응이 된 거라고."

곤 옹은 느긋하게 너른 하늘을 날아 나, 페르, 드라 짱, 스이, 그리고 기절한 길드 마스터를 태운 채 왕도를 향해 똑바로 나아갔다.

양배추, 양배추, 양배추, 양배추.

삐져나올 만큼 양배추가 가득 든 마대.

그게 현관홀에 수도 없이 늘어서서, 우리 집은 양배추 천지가 되어 있었다.

늘 그렇듯이 앨번이 가져다준 것이다.

생글생글 웃는 얼굴로 "예상보다 풍작이어서요"라면서 두고 갔는데…….

"너무 많잖아……."

아니, 앨번표 채소는 어느 것 할 것 없이 맛있고, 양배추도 당연히 맛있는 데다 싫어하지도 않지만 말이야.

아무리 그래도 이건 너무 많아.

"이거 페르와 녀석들에게도 먹이지 않으면 계~속 아이템 박스에 남아 있을 것 같네."

고기를 좋아하는 녀석들이 짜증 섞인 눈빛으로 쳐다볼 것 같지만.

특히 고기지상주의인 페르는 비난을 쏟아낼 것 같네.

뭐어, 그래도 돈가스와 생강구이의 가니시(곁들임 채소)로 쓰거나 채소 볶음 같은 데도 써서 어떻게든 먹여볼까.

그나저나 정말 1년 치…… 아니, 그 이상일지도 모르는 양의 양배추네.

뭐, 뭐어, 아이템 박스에 넣어두면 썩을 일은 없으니 어떻게든 되겠지, 아마도.

그런 생각을 하며 현관홀에 넘쳐나는 양배추를 아이템 박스에 수납해 나갔다.

"좋아. 그나저나 앨번이 농사를 잘 짓는다는 이유도 있겠지만, 저 밭은 위험하네. 종류가 한쪽으로 치우치면 양이 엄청나. 넓고 얕게, 좀 더 여러 종류의 작물을 키워달라고 해야겠어."

앨번은 수확한 채소를 반드시 가져다줘서 종류가 한쪽으로 치우치면 이쪽이 소비하기가 버거워지니까.

다음에 씨앗을 주기로 했으니 그때 똑똑히 말해둬야지.

"일단 이 양배추를 조금이라도 줄여둘까."

그렇게 중얼거리며 부엌으로 향했다.

"역시 이럴 때의 레시피는 무한 계열이 최고지."

둥글둥글하고 전체적으로 윤기가 나고 탄탄하며 진한 녹색을 띤 양배추 한 통을 아이템 박스에서 꺼냈다.

쿵——.

"무거워."

잎이 실하게 찬 양배추는 무게도 상당했다.

"그리고 이번에 만들 무한 양배추에 사용할 그걸 인터넷 슈퍼에서 사서……."

잽싸게 인터넷 슈퍼를 띄워서 결제한다.

"좋아. 이거면 되겠지."

무한 계열 레시피 중에서도 양배추를 사용한 것은 많지만 오늘은 건새우를 사용해 볶음을 하려고 한다.

건새우의 고소한 냄새와 감칠맛, 양배추의 단맛이 최고로 잘 어우러져서 밥반찬으로도 좋고, 맥주 안주로도 딱인 최고의 무한 양배추다.

만들 때 불을 써야 하기는 하지만, 엄청 간단하다.

우선 양배추를 5밀리미터 정도의 폭으로 얇게 썬다.

그런 다음, 프라이팬에 참기름을 두르고 달군다.

거기에 건새우를 투입.

건새우를 볶아 고소한 향이 올라오면 얇게 썰어둔 양배추를 넣는다.

양배추의 숨이 죽었을 즈음 술, 맛술, 간장을 넣고 섞듯이 볶아 주면 완성이다.

이번에는 맛을 내는 데 술, 맛술, 간장을 사용했지만 술, 소금, 후추를 넣어도 담백하고 맛있다고.

간장을 사용하는 편이 밥과 잘 어울려서 이번에는 이쪽으로 했지만, 소금 쪽은 보다 건새우의 맛과 향이 두드러지지.

뭐어, 취향 문제이긴 하지만.

어디, 맛을 좀 볼까.

"맛있는걸. 건새우의 맛이 잘 살아있어. 양배추도 과하게 볶지 않은 덕에 식감이 적절하게 남아 있어서 완벽해."

아삭아삭해서 한 입, 또 한 입, 자꾸만 손이 간다.

"아~ 맥주 땡긴다~."

무의식중에 그런 말이 입을 뚫고 나온 참에…….

『주공.』

곤 옹이 어슬렁어슬렁 부엌에 얼굴을 내밀었다.
"응? 곤 옹, 무슨 일이야?"
『뭔가 좋은 냄새가 나기에 들여다본 것뿐이네.』
"페르랑 녀석들은?"
『그 녀석들은 정원에서 낮잠을 자고 있네.』
"아, 그렇구나."
『해서, 냄새의 근원은 그것인가?』
"아니 뭐, 그렇긴 한데."
건새우의 냄새에 낚인 건가?
『그 냄새는 맥주와 어울릴 것 같은 느낌이 드네만.』
그렇게 말하는 곤 옹의 눈이 번쩍 빛났다.
움찔.
이 애주가 드래곤, 술에 맞는 안주 냄새를 구분할 수 있게 된 건가?
"아, 아니, 그렇지는 않은데~."
『그것참 이상하구먼~. 좀 전에 주공이 '맥주 땡긴다~'라고 한 것도 똑똑히 들었는데 말이네.』
곤 옹이 날카로운 이빨을 내보이며 씨익 웃는 얼굴로 부엌에 들어왔다.
큭, 듣고 있었나.
비~상!
어째선지 자꾸 땀이 나네.
『주공~ 거짓말은 좋지 않네, 거짓말은.』

곤 옹은 이미 눈앞에 있었다.

그리고 내 어깨에 앞발을 착 올리고는『그렇지 않나?』라는 소리를 했다.

“아~ 진짜, 그래. 이건 맥주 안주로도 딱이야.”

『크후후후후. 암, 그러할 테지.』

뭐야, 그 웃음소리는.

뭔가 목소리가 비열해졌는데, 곤 옹.

『그런고로, 말 안 해도 알겠지?』

“뭘.”

『맥주 말이네, 맥주.』

“뭐어? 낮부터 마시면 안 되잖아. 페르네가 보면 화낼걸.”

안 그래도 곤 옹은 술 때문에 실수한 적이 많잖아.

『무얼~ 그 녀석들은 아주 곯아떨어져서 괜찮을 걸세. 들킬 리 없어.』

“어, 아니, 저기 말이야.”

『……어이.』

그 목소리를 들은 곤 옹이 흠칫 놀라 뒤를 돌아보았다.

“아~ 일어난 모양인데.”

부엌 입구에 페르, 드라 짱, 스이가 있었다.

『대낮부터 술을 들이켜겠다니, 나태해졌군.』

『에인션트 드래곤도 소문만 그럴싸한 거였네. 실망이야~.』

『곤 옹, 한심해~.』

『뭣?!』

곤 옹에 대한 페르와 녀석들의 평가가 바닥을 치고 있네.
뭐, 자업자득인 감은 있지만.
『좋은 걸 어쩌란 말이냐, 낮에 술 좀 마시는 게 뭐 어때서~!』

후기

작가인 에구치 렌입니다. 『터무니없는 스킬로 이세계 방랑 밥 15권 ~관자 냉파스타 × 현자의 돌~』을 구입해주셔서 기쁘기 한량없습니다.

정말로 감사합니다!

이 시리즈도 드디어 15권입니다.

언제 여기까지 온 걸까 싶습니다.

작년에는 애니메이션화도 되어서 정말로 감개무량했습니다.

이 이야기를 집필하기 시작했을 때만 해도 서적화는 물론이고 만화화, 애니메이션화가 될 거란 생각은 전혀 못했었는데, 정말 인생은 모를 일이라는 생각이 자꾸만 드는 요즈음입니다.

애니메이션화가 실현되고 이 시리즈가 계속되고 있는 것은 본 작품을 읽어주고 계신 독자 여러분 덕분이라 정말로 감사할 따름입니다.

15권에서는 드디어 던전을 공략했습니다.

무코다 일행은…… 아니, 먹보 콰르텟은 평소처럼 행동한 것이지만 '아크' 멤버들에게는 식겁할 사태이거나 하니, 그 격차를 즐겨주시면 감사하겠습니다.

그리고 개인적으로는 먹보 콰르텟끼리 놀러(던전 내 동굴 공략)가는 장면을 쓰면서 즐거웠으니, 독자 여러분도 재미있게 봐주셨으면 기쁠 것 같습니다.

그리고 또 기쁜 소식이 있습니다.

애니메이션 2기 제작이 결정되었습니다!

2기가 제작이 결정된 것도 독자 여러분과 애니메이션을 시청해주신 여러분 덕분입니다.

2기도 계속해서 MAPPA가 제작을 맡아주시기로 했습니다. 또 그 끝내주는 요리 장면을 볼 수 있겠구나 싶어서 매우 기쁩니다.

부디 기대해주세요.

일러스트를 그려주고 계신 마사 선생님, 본편 코믹스를 담당해주고 계신 아카기시 K 선생님, 그리고 외전 코믹스를 담당해주고 계신 후타바 모모 선생님, 애니메이션 제작에 관여해 주고 계신 여러분, 담당 편집자인 I님, 오버랩사 여러분, 정말로 감사합니다.

마지막으로 여러분, 앞으로도 느긋하고도 훈훈한 이세계 모험담 『터무니없는 스킬로 이세계 방랑 밥』의 WEB, 서적, 코믹스, 애니메이션을 두루두루 잘 부탁드립니다.

16권에서 다시 만나 뵐 수 있기를 기대하고 있겠습니다.

터무니없는 스킬로 이세계 방랑 밥 15

관자 냉파스타×현자의 돌

2025년 1월 15일 1판 1쇄 발행

저 자 에구치 렌
일 러 스 트 마사
옮 긴 이 정대식
발 행 인 유재옥
담 당 편 집 박치우

이 사 조병권
출판본부장 박광운
편 집 1 팀 박광운
편 집 2 팀 정영길 조찬희 박치우
편 집 3 팀 오준영 이소의 권진영 정지원
디자인랩팀 김보라 이민서
콘텐츠기획팀 박상섭 강선화
디지털사업팀 김경태 김지연 윤희진
라이츠사업팀 김정미 이윤서
영업마케팅팀 최원석 윤아림 이다은
물 류 팀 허석용 백철기
경영지원팀 최정연
발 행 처 (주)소미미디어
인쇄제작처 코리아피앤피
등 록 제2015-000008호
주 소 서울시 마포구 토정로 222, 502호(신수동, 한국출판콘텐츠센터)
판 매 (주)소미미디어
전 화 편집부 (070)4164-3962, 3963 기획실 (02)567-3388
판매 및 마케팅 (070)8822-2301, Fax (02)322-7665

ISBN 979-11-384-8502-9
ISBN 979-11-6190-011-7 (세트)